KB151276

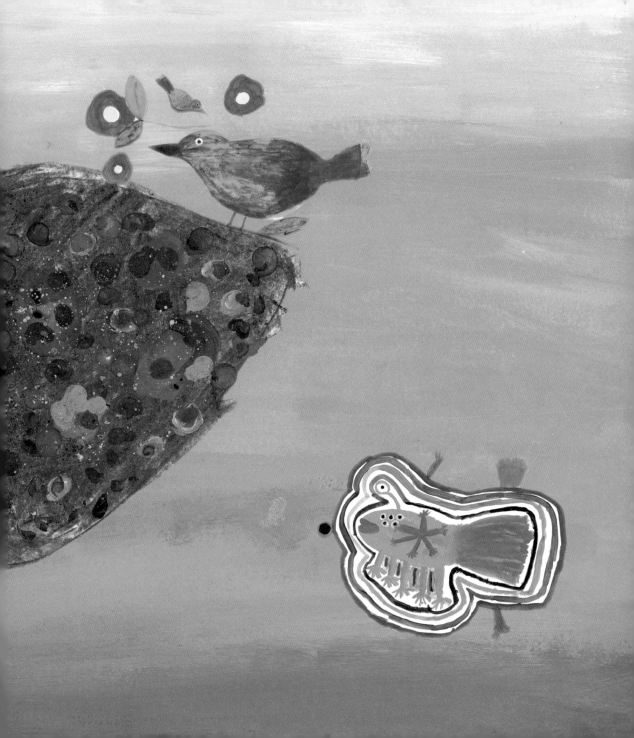

제주 자연 속에 자리한 작은 학교 두 곳의 어린이들이 <만희네 집>, <시리동동 거미동동>, <나무 도장> 등의 그림책을 지은 권윤덕 작가와 그림을 그리고 글을 썼습니다. 제주특별자치도 세계유산본부가 주최하고 제주도서관친구들이 주관한 '세계자연유산마을, 그림책을 품다' 프로젝트로, 거문오름 가까이 있는 함덕초등학교 선인분교, 성산일출봉이 바라보이는 곳에 있는 성산초등학교 학생들과 함께했습니다.

햇살이 가장 좋은 계절, 여러 달을 함께하며 일상 속에 보았던 돌과 새와 숲, 바다와 물고기와 바다 생물 등을 새로운 눈으로 만났습니다. 익숙한 존재를 깊이 관찰하며 어린이들이 발견한 자연의 목소리, 우리가 놓쳐서는 안 될 그 이야기를 권윤덕 작가가 조화롭게 모아서 다듬고, 그림 밖의 이야기를 더해 한 권으로 엮었습니다.

파랑을 조금 더 가지고 싶어요

제주 어린이, 권윤덕 작가와 자연을 쓰고 그리다

글·권윤덕

그림·함덕초등학교 선인분교, 성산초등학교 어린이 33명

남해의봄날

목차

햇빛은 밖에서 놀자고 부르고

하늘이 자꾸만 내 머릿속에 떠올라요. 태양, 바다, 잔디도 생각나요.
파란색을 조금만 더 가지고 싶어요.

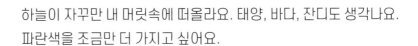

먼 옛날, 바다 아래 땅속 마그마가 하늘로 솟아올랐어요. 화산 구름 아래로 뜨거운 돌 물이 흘러요.

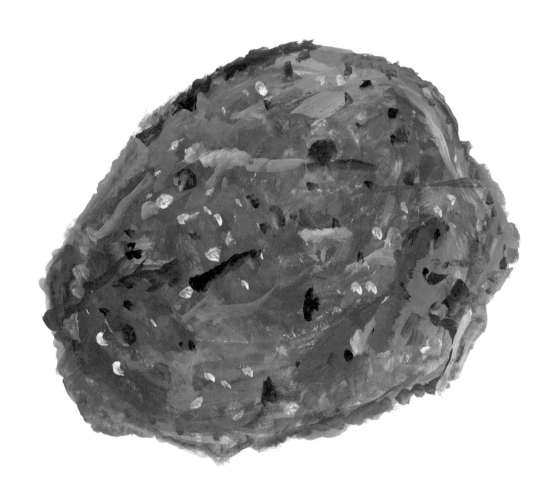

돌은 나이를 먹는 동안 구르고 깨지고 참고 참아서 여러 가지 색을 갖고 있어요.

돌에는 저녁 햇살도 있고 구름도 있고 달빛도 담겼어요. 돌 구멍이 별처럼 흩어져 있어요.

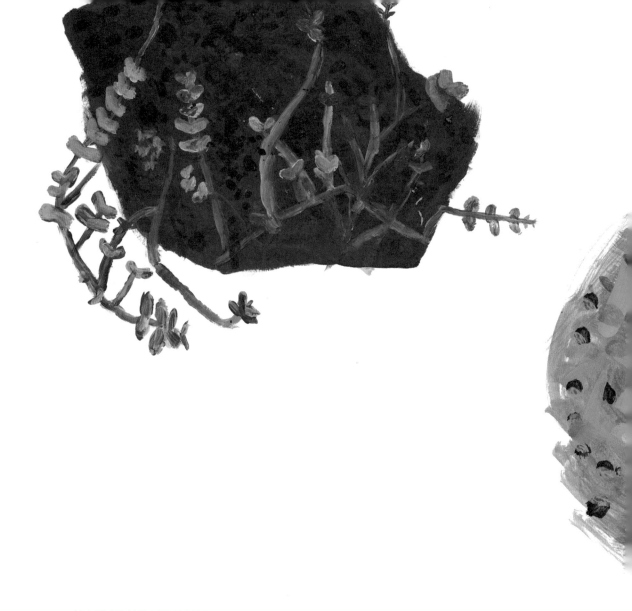

산소가 드나드는 돌 구멍에 달팽이가 살아요. 빨간 진딧물과 거미 방도 있어요.
콩짜개덩굴이 작은 발을 돌에 붙이고 뻗어 나가요. 돌은 조그만 생명들의 아파트예요.

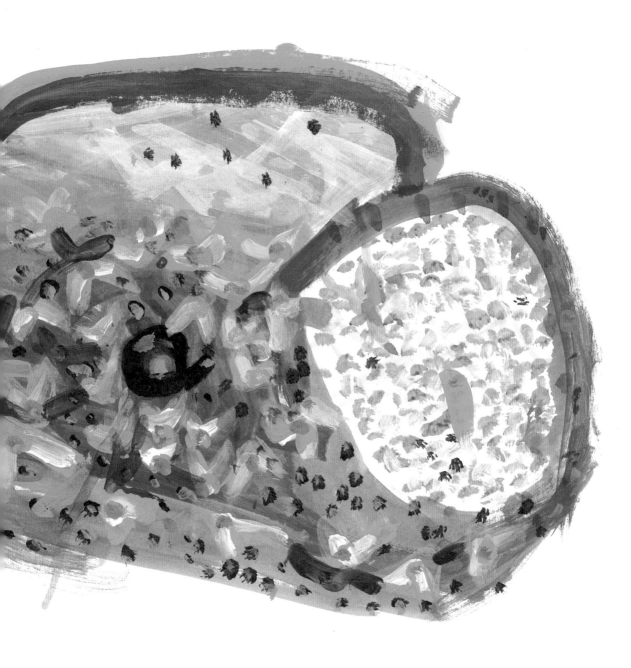

뜨거운 돌 물이 흘렀던 길을 따라 나는 동굴 안으로 들어갔어요.
금가루가 반짝이는 동굴 천장에, 나무뿌리가 바위를 뚫고 길게 내려왔어요.

동굴 안에서 눈을 뜨면 엄청 깜깜했지만, 눈을 감으니 머릿속이 점점 환해졌어요.
내게 빛과 어둠이 같이 있다니 감사해요.

동굴 바닥에 물방울이 만든 금빛 종유석이 있어요.
동굴 끝 호수에는 눈이 없는 미끈망둑이 살고 있고요.

동굴 밖 땅 위에는 사람들이 돌아다니고 생활해요.
오랜 시간 동안 자연의 힘은 생명을 길러 내요.

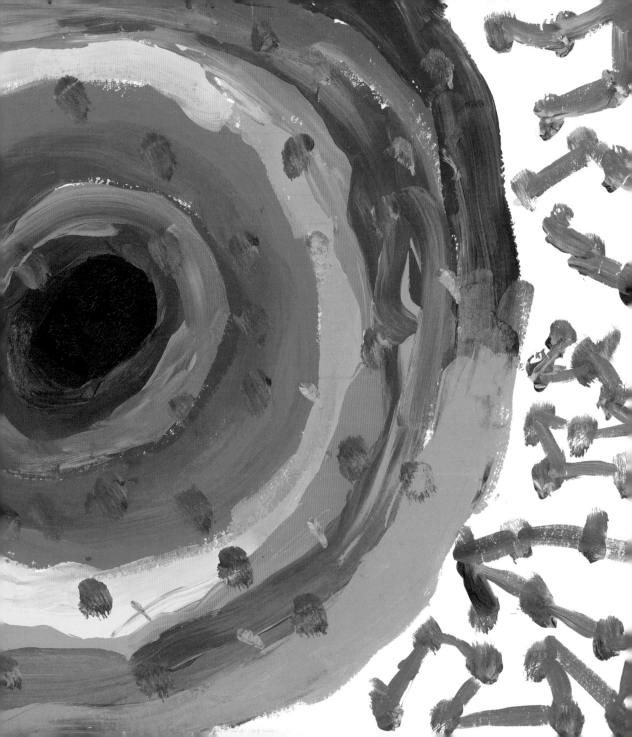

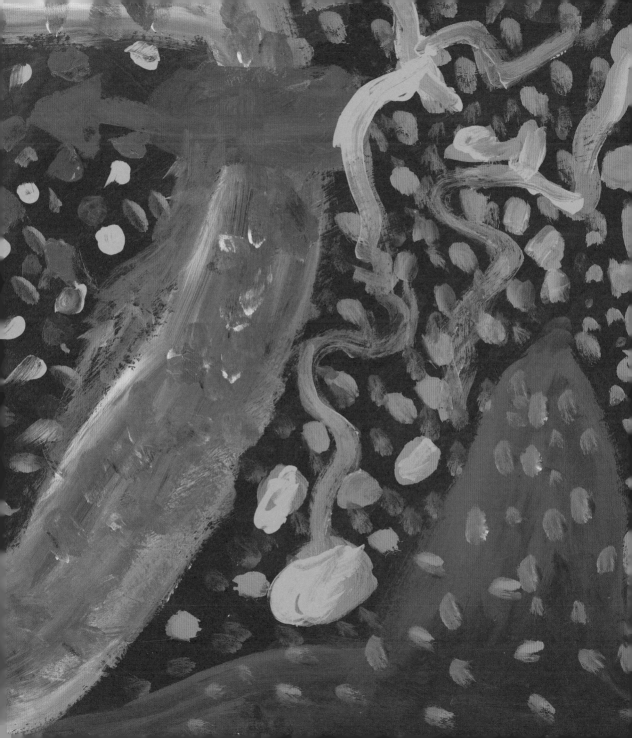

땅에는 많은 생명이
요란하게 살고 있어요.

초여름날, 넝쿨이 햇빛을 찾아 나무를 감고 올라가고, 하늘색 산수국이 산기슭에 가득 피어요.
내 친구 솔부엉이가 '개 소리'를 내며 울어요.

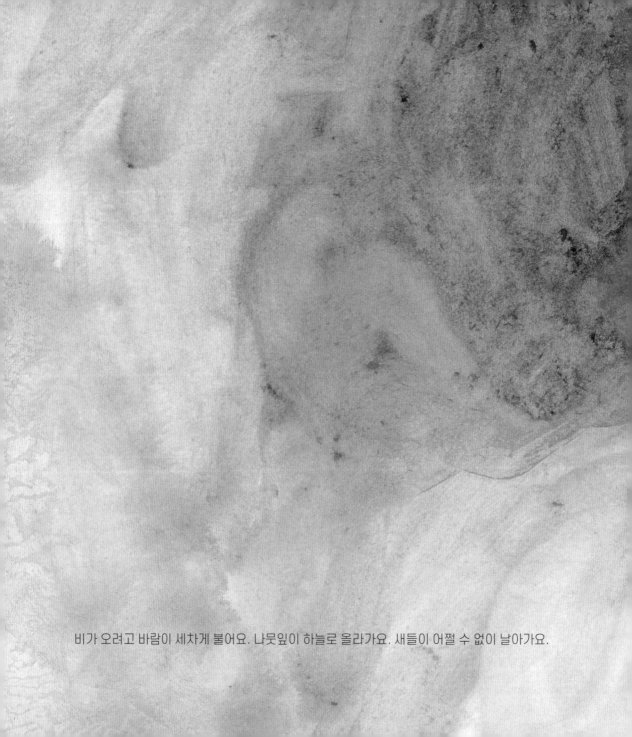

비가 오려고 바람이 세차게 불어요. 나뭇잎이 하늘로 올라가요. 새들이 어쩔 수 없이 날아가요.

이런 날 바람을 등지면 등이 차가워 나무 뒤에 숨어요.

바람 가는 대로 빗방울이 제각각이에요. 쏴아아 내리는 빗줄기를 뚫고 자전거를 달려요.
집에 왔을 땐 빗물 속에 몸을 푹 담근 뒤였어요.

비가 그친 뒤, 햇빛이 창문에서 깜박깜박 놀자고 불러요.
하늘은 바다같이 파랑고 구름은 하늘을 헤엄쳐 다녀요.

내 친구 동박새와 구름에서 나온 햇빛과
풀잎에 고인 차가운 물방울과 모두 함께 뛰어놀 거예요.

목화솜이 안내하는 길을 따라 통통새와 얼음 위를 탐험해요.
자연 속에서는 다른 생명과 서로서로 통해요.

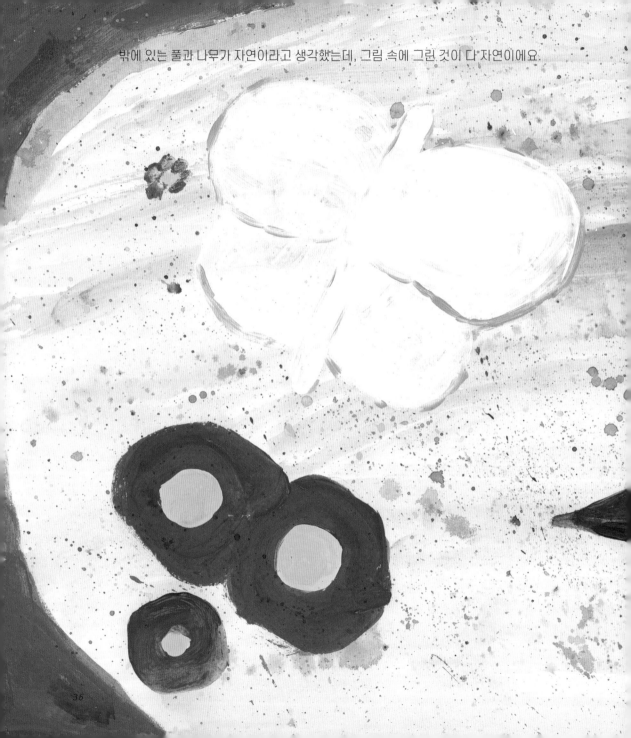

밖에 있는 풀과 나무가 자연이라고 생각했는데, 그림 속에 그린 것이 다 자연이에요.

오색딱따구리를 타고 집으로 가요.
자연에서 설렘을 가져왔고
외로움은 버리고 왔어요.
집에 가는 길은 따듯하고 편안해요.

그림

김서영
박지민
백다은
변준
송민규
안소현
오선우
오승현
이도원
이병준
이산희
정재원
최이안
하윤
황지연

**기획
구성
글**

함덕초등학교
선인분교
5·6학년
15명의
글을
권윤덕이
다시
엮어 씀

돌 하나에서 시작한 '자연과 나'

선흘마을 숙소에서 학교로 가는 길은 호젓했다. 한쪽 어깨에는 카메라와 교육안을
넣은 가방을, 다른 쪽 어깨엔 캠코더 가방을 메고 아무도 없는 아스팔트 길을
넉넉하게 걸었다. 보름 전, 새 책 <씩스틴>을 출간하고 5월 중순의 가로수길을 걷는
발걸음이 가벼웠다. 길 양옆에는 초록의 나뭇잎이 돌무더기 위로 넝쿨과 뒤엉켜
있고 밭담 안 검은 흙에는 눈부시게 작은 초록빛 싹이 모여 자랐다. 숙소를 나와
길을 걷는 내내 집 담과 밭담, 학교 화단까지 현무암이 이렇게 저렇게 자리를 잡고
있었다. 2002년 여름, <시리동동 거미동동>을 위해 처음 제주도에 왔던 그때도 어느
곳이든 얹히고 쌓이고 뒹구는 돌들이 인상 깊었다. 파도에 물을 머금은 바닷가
검은 돌은 마치 붓을 먹물에 적셔 화선지에 툭툭 찍다가 눕혀 쭉 그어댄 것 같았다.
제주에 올 때마다 눈길을 끌어당기는 현무암. 햇빛에, 빗물에, 바람에, 파도에
신비롭게 색을 드러내는 저 현무암을 아이들과 함께 그려 보리라!

　　풍경에 한눈이 팔려 있었지만, 마음 한편으로는 걱정도 있었다. 도서관과 책을
좋아하는 사람들의 모임 '제주도서관친구들'이 제주특별자치도 세계유산본부의
지원으로 기획한 함덕초등학교 선인분교 어린이 그림책 만들기 수업 첫날이었다.
초등학교에서 특강은 한두 번 해 보았지만, 20회나 되는 긴 수업은 처음이었다.
아이들과 함께 그림책을 만들어 본 경험도 없었다. 더군다나 수업에서는 내 작업에
사용하는 전통 재료가 아니라 아이들이 다루기 쉬운 아크릴물감을 써야 했다.

❖ 현무암을 책상 위에 올려놓고 관찰하며 거기에 생명체들이
달라붙어 있는 것을 보고 선인분교 6학년 백다은이 쓴 글이다.
맞춤법에 맞추어 일부만 수정했다.

일정한 수업 목표를 가지고 아이들이 그림을 그리도록 이끄는 일은 쉽지 않아
보였다. '재료 쓰는 방법만 잘 가르쳐 주면 아이들은 겁 없이 그릴 거야', '처음에는
사물의 형태를 그리지 않고 느낌을 그리도록 해 보는 거야', '자세히 사물을
관찰하게 하고 생각해 볼 것을 제안하는 것으로 내 역할은 충분할 거야' 이런저런
생각으로 걱정을 눌러 가며 학교 운동장을 가로질러 교실에 들어섰다. 그렇게
<2019, '자연과 나' 그림책 만들기> 첫 수업을 시작했다.

　"옛날 아주 옛날, 우주에 떠도는 돌이 하나 있었다. 항상 혼자였던 돌은
외로워서 매일 울고 또 울었다. 자기가 어디에 있는지도 모르고 어디로 가는지도
몰랐다. 혼자 떠돌다가 어느 날, 환하게 빛나는 지구를 보았다. 돌은 지구에
가면 행복할 거라고 믿고 지구로 다가갔다. 지구 어느 넓은 초원에 쿵 하고 돌이
떨어졌다. 초원에 떡하니 선 채 움직이지도 못하고 우주로 다시 날아가지도 못했다.
다시 혼자가 된 돌은 밤과 낮도 모른 채 울었다. 너무 울어서 몸 색깔까지 변했다.
어떤 사람이 와서 그 돌을 주워서 다른 돌과 함께 수레에 넣었다. 숲속을 지나던
중에 돌은 굴러떨어지고 수레는 그냥 가 버렸다. 돌은 또 혼자구나 생각했는데, 그
돌에 개미와 공벌레가 기어 들어왔다. 이끼와 넝쿨도 자라났다. 돌은 거부하지 않고
그들을 반겼다. 행복해진 돌은 몇천 년 동안 눈을 뜨지 않았다."❖

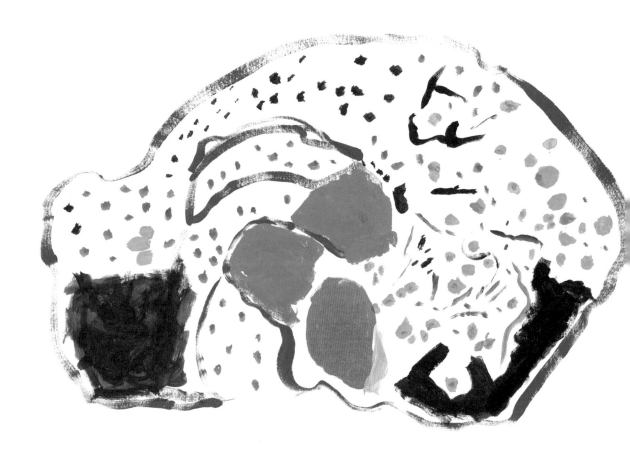

선흘리 숙소에서 가까운 거문오름이나 동백동산을 걷다 보면 나무뿌리와
넝쿨이 뒤엉킨 돌무더기 지대를 만난다. 곶자왈이다. 곶자왈의 돌은 다른 지역 돌과
달리 습기가 많고 이끼로 덮여 있다. 숲의 나뭇가지 사이로 햇살이 들이치면 돌을
덮은 초록 이끼가 환하게 빛난다. 1센티미터도 안 되는 작고 가느다란 이끼는 잎이
올올이 살아서 하늘을 향하고 있다. 콩짜개덩굴이 바위에 뿌리를 내리면서 뻗어
나가고, 벌레들은 돌구멍을 드나든다. 하늘의 초록빛 작은 행성처럼 빛을 내는 저
곶자왈의 돌을 교실로 가져가 아이들과 함께 그려 보고 싶었다.

　　돌이 그리 크지 않은데도 아이들이 들기에는 정말 무거웠다. 선생님 한 분이
짐수레를 가지고 오셨다. 30~40센티미터 크기의 돌 네 개를 교실로 옮겼다. 조마다
하나씩 책상 위에 올려놓고 돋보기를 나누어 주었다. 처음부터 바로 화판 위 종이에
그림을 그리는 것이 아니라, 먼저 A4 용지에 관찰한 것을 자세하게 쓰거나 그려
보도록 했다. 여기저기 술렁거리는 소리가 들렸다. 돌에는 생각보다 많은 생명이
살고 있다. 벌레 번데기도 붙어 있었고 작은 거미처럼 살아 있는 벌레들도 기어
나왔다. 달라붙은 낙엽 밑에는 작은 풀뿌리가 돌을 단단히 붙잡고 뻗어 있었다.
현무암 돌구멍에서 기어 나온 거미와 공벌레, 애벌레가 종이 위를 기어 다니자
몇몇 아이들은 이리저리 벌레를 막고 가두고 만져 보느라 정작 관찰 내용을 종이에
적지는 못했다. 그렇지만 책상 위를 돌아다니는 벌레를 보고 아이들이 같이 흥분한

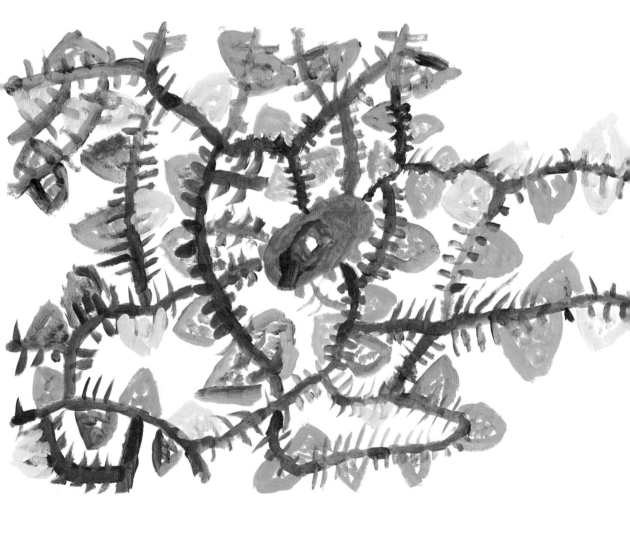

것만으로도 그림 그릴 준비는 충분히 되었다.

"관찰한 내용을 다 적었으면 이제 그림을 그려 보세요." 화면에 사물을 구성하는 방법을 칠판에 썼다. "사진 찍듯이 그대로 다 그리는 게 아니라 관찰하면서 느낀 것을 가지고 새롭게 화면을 구성해 보세요." 자신이 중요하다고 생각하는 부분은 크게 그릴 수 있으며, 보이는 것을 모두 다 그릴 필요는 없다고 덧붙였다. 아이들은 자연스럽게 종이 팔레트에 물감을 짜고 붓을 들어 그리기 시작했다. 그리고 조용해졌다. 각자 자신의 화면 속으로 빠져들고 있었다.

돌 위로 뻗어 나간 뿌리를 자세히 관찰하면서 A4 용지에 그렸던 이병준은 도화지에 놀라운 그림을 그려 놓았다. 아이는 나를 불러서 "선생님, 돌을 그리지 않고 이렇게 뿌리만 그려도 돼요?"라고 물었다. "그럼! 아주 훌륭해요." 웃으며 칭찬하는 눈빛을 보내 주었다. 그날 병준이는 공책에 이렇게 적었다. "돌을 그리면서, 순간 내가 돌을 그리는지 나무를 그리는지 헷갈렸다." 뿌리가 돌을 붙잡고 단단히 뻗어 내려간 콩짜개덩굴을 관찰하면서 병준이는 돌에서 숲을 본 것이 분명했다. 아이들은 화산섬 용암의 돌덩이에 번성하는 생명의 힘을 눈으로 확인하고 그 감동을 나름의 언어로 표현해 냈다.

한 회 한 회 수업을 진행하면서 나는 아이들이 만들어 내는 결과에 놀랐다. 이렇게 수업 시간마다 그림을 한 장씩 완성해 가면 모두 멋진 그림책 한 권씩

충분히 만들 수 있겠구나! 수업 구성을 점점 더 세밀하게 다듬었고, 그러면서
수업안 만드는 일이 마치 그림책 창작 과정에서 더미북 만드는 일처럼 느껴졌다.
한 권의 그림책을 만들기 위해 나는 책의 처음부터 끝까지 이야기의 흐름을 잡고
글, 그림의 표현과 구성을 바꾸며 더미북을 만들어 본다. 그러면서 이야기 흐름이
자연스러운지, 더 좋은 표현과 구성 방법은 없는지 스스로 검토하고, 다른 사람들의
의견도 듣는다. 마찬가지로 나는 수업을 진행하면서 부족한 것을 찾고 새로운
시도를 보태 수업안을 다듬었다.

　　　수업을 통해 아이들이 각자 제주의 자연과 그 생명을 새롭게 느끼고 표현해
볼 수 있기를 원했다. 돌에서 시작해 땅, 새, 바람, 비, 그리고 비가 그친 후의 햇빛,
상상의 숲에서 마음껏 놀며 훌쩍 자란 모습으로 되돌아오는, 수업이 하나의 짧은
여행이 되도록 구성했다. 아이들은 매일 집을 드나들고 학교를 오가며 보고 듣는
길가의 풀, 나무, 돌, 넝쿨과 새소리, 벌레 소리, 바람 소리, 빗소리까지 불러와
새롭게 마주하는 기회를 가질 것이다. 그 시작이 세심한 관찰에 있다고 믿었다.

대섭이굴에서 만난 우주

거문오름 블랙푸드 사업단 김상수 단장님이 등산복에 배낭을 멘 차림으로 헬멧 상자를 들고 교실에 들어왔다. 아이들이 "와!" 웃으며 술렁였다. 마을 이장을 지내신 동네 어른이 예상치 못한 복장으로 불쑥 들어서니 놀랍고 반가웠던 모양이다. 단장님은 동굴에 들어갈 때의 준비물, 주의 사항과 행동 요령을 자세히 설명하고 아이들에게 헬멧을 나누어 주었다. 아이들은 헬멧을 써 보고 헬멧 앞에 달린 작은 랜턴을 켰다 껐다 하며 들떠, 마음은 벌써 대섭이굴에 들어가 있는 듯했다.

학교에서 차로 15분, 조천읍 선흘리 곶자왈 동백동산 가까이에 대섭이굴이 있다. 길이가 100미터 정도 되는 짧고 작은 굴이다. 크고 웅장한 만장굴도 있지만, 아이들과 관찰하기에는 사람 발길이 닿지 않은 이 굴이 더 좋았다. 굴 입구 위로 검은 돌이 켜켜이 쌓여 있고, 그 사이사이에 나무뿌리가 돌을 감싸 안으며 아래로 뻗어 내렸다. 곁에서 본 동굴 구멍은 마치 도화지에 목탄을 문질러 비빈 것처럼 깜깜하고, 그 안은 검은 공기로 가득 차 있었다. 입구 가장자리, 어수선하게 늘어지고 구불구불 휘감긴 나무 넝쿨에 축축한 낙엽까지 으스스한 기분이 들었다. 단장님이 열쇠를 꺼내 동굴의 철문을 열었다. 우리는 헬멧을 쓰고 선생님 한 분에 어린이 네 명씩 조를 지어 단장님을 따라 동굴 안으로 들어갔다.

"습기가 많아 미끄러지거나 어두워서 발을 잘못 디딜 수 있어요. 또 밑만 보고 가다가 천장 돌에 머리를 부딪칠 수 있으니 주의하세요."

맨 앞에서 성능 좋은 랜턴으로 아이들 발길을 비춰 주며 당부하는 단장님 목소리가 들려왔다. 아이들은 아주 천천히 조심스럽게 한 발짝씩 어둠 속으로 걸어 들어갔다. 각자 헬멧의 랜턴을 켜고 동굴 안을 두리번거렸다. 그동안 교실에서 해 봤기 때문인지 누가 시키지 않아도 자연스럽게 동굴을 관찰하기 시작했다. 동굴이 어떻게 생겨났는지 동굴 안에서 무슨 일이 있었는지 단장님 설명을 들으면서 천장을 올려다보고 벽을 살펴보았다. 동굴 벽에 빛이 닿자 작은 점들이 은하수처럼 반짝였다. 회색빛 용암에 금빛, 옥빛, 은빛, 자수정빛, 에메랄드빛, 산호빛이 섞여 있었다. 머리 위에 별이 가득한 것 같기도 하고, 불꽃놀이 폭죽이 쏟아져 내려오는 것 같기도 했다. 이 반짝이는 작은 점들, 그 빛은 무엇일까?

발을 디디려고 보면 바닥에 곰팡이가 솜털같이 하얗게 핀 곳이 있었다. 그러면 분명 천장에 박쥐들이 살고 있다. 박쥐 똥은 흩날리는 솜사탕 실낱같다. 때론 새끼 박쥐 수십 마리가 오르르 붙어 있는 곳도 보았다. 몸을 거꾸로 매달고는 고물고물 움직이며 우리를 향해 귀를 쫑긋 세우고 있었다. 회색빛 털이 보드라워 보였다. 그런데 어미 박쥐는 보이지 않는다. 가끔 어둠 속에서 슝슝 소리가 나거나 무언가 지나간 느낌이 들면 어미 박쥐들이 날아다니는 것은 아닐까 겁도 났다.

용암의 흐름을 따라 울퉁불퉁한 바닥을 조심조심 밟으며 안으로 안으로 들어갔다. 호랑이처럼 얼룩얼룩한 줄무늬가 벽면에 너울너울 출렁이고, 몽글몽글 뭉친 검은색 돌덩이들 밑에 붉은 용암이 웅크리고 있었다. 꽃처럼 피어난 동굴 산호, 용암이 흘러내리며 굳어 버린 새끼줄 용암, 동굴 바닥에 무너지고 내려앉고 들리고 솟아오른 용암도 있었다. 동굴 밖의 나무뿌리가 바위틈을 뚫고 동굴 안으로 들어와 천장에 매달려 있기도 했다. 짧은 실뿌리들이 벽에 딱 달라붙어 퍼졌는데 마치 얼굴에 짧은 수염이 돋아난 모습처럼 보였다. 우리는 온몸의 감각을 곤두세우고 불빛을 비추어 가며 주위를 둘러보고, 벽 가까이 코를 박고 살펴보고 만져 보기도 하였다. 단장님은 아이들이 침착하게 행동하도록 잘 이끄셨고, 간혹 놓치고 지나쳐 버린 것이 있으면 다시 랜턴을 비추어 확인시켜 주셨다.

동굴 끝에 거의 다다랐을 즈음, 우리는 '어둠 속에 있어 보기'를 시작했다. 나는 동굴 답사를 준비하면서 단장님께 두 가지를 특별히 부탁했다. 하나는 동굴 안에서 모두 불을 끄고 잠시 깜깜한 어둠 속에 있어 보는 것. 또 하나는 동굴을 나갈 때 잠시 멈춰 서서 동굴 입구로 들어오는 빛을 바라보는 것. 우리는 각자 안전하게 머물 곳에 자리를 잡은 뒤 모두 불을 껐다. 아이들은 그 어둠을 어떻게 느낄까? 사방이 깜깜해지고, 누구도 소리 내지 않았다. 한 아이가 옆에 있는 친구 숨소리가 너무 크게 들린다고 말하는 바람에 모두 웃었다. 불을 켜고 다시 자리를 잡은 뒤 불을 껐다. 이번에는 더 고요했다. 어둠만 있었고 아이들도 그 어둠을 잘 받아들이는 느낌이었다.

답사 다음 날, '어둠의 색'을 그리는 시간이었다. 재료는 목탄과 아크릴물감을 같이 썼다. 각자 4절 도화지를 붙인 하얀 화판을 앞에 두고 앉았다. 화판 주변에는 물감과 종이 팔레트, 붓 세 자루, 목탄, 물통, 분무기, 화장지를 가지런히 놓았다. 첫 시간부터 연필로 밑그림을 그리지 않고 바로 붓으로 그렸기 때문에 연필과 지우개는 필요 없었다.

"눈을 감고 어제 동굴 안 어둠을 떠올려 보세요. 그리고 어둠의 밝기를 어느 정도로 할지 머릿속에 상상해 보고 정하세요. …정했어요? 이제 눈을 뜨고, 목탄으로 각자 정한 어둠의 밝기대로 도화지에 밑칠을 하세요. 그리고 그 위에, 아크릴물감으로 동굴 안에서 보고 느꼈던 점을 그립니다."

동굴 답사 뒤 아이들의 소감에 많이 등장한 단어는 별, 우주, 은하수, 밤하늘, 금빛, 은빛, 옥빛이다. 아이들은 어둠 속에 반짝였던 빛을 화면에 그리려고 애를 썼다. 물감 묻은 붓을 다른 붓으로 탁탁 쳐서 물감을 뿌리거나, 화면을 덮은 목탄 가루에 아크릴물감을 휘휘 붓으로 섞으며 어둠의 공기층을 만들었다. 울퉁불퉁 용암의 느낌을 표현하려고 목탄을 화면에 눌러 부수어서 그리기도 했다. 가르쳐 주지 않았는데도 재료를 과감하게 활용하고 기법을 개발했다. 형태를 그리는 것이 아니라 마음으로 느낀 것을 그렸다.

이산희의 책상 옆을 지나며 거의 완성한 그림을 내려다보고 있으니까 산희가 작은 소리로 말했다. "은하수를 그렸어요." 나를 보고 환하게 웃는데 가슴이 뭉클했다. 그 아이가 본 세상이 화면 위에 펼쳐져 있었다. 산희가 본 세상을 내가 같이 보고 있다니! 눈앞에 그려낸 세상이 이렇게 눈부시게 아름답다니! 자신이 본 세계를 나에게 보여 준 아이들 모두에게 고맙고 또 감사했다.

겁 없 이 그 린 , 자 연 의 힘

사람의 발길이 닿지 않은 채로 보존된 용암동굴에 들어가 보기란 쉽지 않다.
대섭이굴에 다녀온 후, 잘 알려진 만장굴 외에 뱅뒤굴, 김녕굴, 용천동굴,
당처물동굴 등이 더 있다는 것을 알았다. 약 9000년 전, 거문오름에서 수차례에 걸쳐
뿜어 나온 용암이 해안을 향해 경사면을 따라 흘러내려 가면서 동굴을 만들었다.
거문오름 용암동굴계는 2007년 세계자연유산에 등재되었다. 등재에 중요한 역할을
했다는 용천동굴과 당처물동굴은 제주자연유산센터 전시실의 모형이나 영상,
사진으로만 볼 수 있다. 땅속의 동굴은 지상과도, 지하 내부에서도 어둠으로 서로
분리되어 있다. 어둠의 세계가 어떻게 그렇게 화려하고 아름다울 수 있을까? 오랜
시간 만들어 낸 동굴 안 생성물을 영상으로 못 보았다면 거대하면서도 섬세한
자연의 힘을 제대로 상상할 수 없었을 것이다.

　　용천동굴의 길이는 3000미터가 넘는다. 용암이 빠른 속도로 흘러가며 동굴
벽면에 가로로 죽죽 그어 놓은 선들, 천장까지 세로로 구불구불 너울거리는 검붉은
띠들은 꿈틀꿈틀 빠르게 요동치며 동굴을 빠져나간 용의 흔적 같다. 3000미터나
되는 커다란 용이 동굴 끝 호수에서 머리를 솟구쳐 물방울을 튀기면서 푸른 하늘로
높이 날아가는 모습을 상상해 본다. 용이 떠난 지하 공간은 시간이 지나면서 점점
부드럽고 온화한 황금빛의 궁전이 되었다.

　　동굴 천장 바위틈으로 보리수나무, 좁은잎천선과나무가 뿌리를 내렸고, 뿌리를

✧ KBS 환경스페셜, <용천동굴 20만 년의 비밀>, 2010.9.8.

타고 흘러내린 탄산염 물방울은✧ 천장과 바닥을 잇는 뿌리 기둥을 만들었다. 맑은 웅덩이에 떨어지는 물방울에 달그락거리며 닳아 버린 동굴 진주, 꽃밭 가득 알알이 피어난 동굴 팝콘, 여러 겹 주름을 천장부터 드리운 동굴 커튼, 수천 개 황금색 유리 젓가락 모양으로 매달려 있는 종유석. 모두 오랫동안 물질과 시간을 엮어 만든 보물들이다. 중력, 낙하, 속도, 탄산염, 결정체, 마모, 피복 등은 스스로 작용하는 자연의 힘을 부분이나마 담는 말일 것이다. 이런 지하 동굴 위를 흙이 덮고 있다. 땅 위에 번성하는 수많은 생명은 또 얼마나 신기하고 아름다운가? 땅 위의 생명, 작은 존재까지 모두 살피고 공경하는 우리의 마음을 그림에 담아낼 수 있을까? 이제까지와는 달리, 눈에 보이는 세계를 넘어 추상적이고 거대한 자연의 힘을 느끼고 그려 내는 것도 가능할까?

나는 아이들이 신화 속의 상징 같은 것을 빌려 와 표현해도 좋을 것 같았다. 처음 떠오른 것은 제주 섬의 탄생 신화인 설문대할망 이야기다. 책이나 자료 속 그림의 설문대할망은 할머니 혹은 여인의 모습으로 그려져 있다. 그러나 이야기만큼 모습이 커 보이지 않는다. 아이들이 이미 그 그림을 접해 보았다면 설문대할망을 자신만의 이미지로 상상하기란 쉽지 않을 것이다. 나는 자연의 힘을 사람의 형상을 갖추지 않은, 어떤 거대한 기운으로만 그려 내면 좋겠다고

생각했다. 신화 책들을 뒤적이다가 중국의 반고신화**에 눈이 갔다. <장자>의 붕새
이야기***도 읽어 보았다. 아이들과의 수업은 반고신화를 읽어 주고, 용천동굴을
소개하는 다큐멘터리 영상을 같이 보는 것으로 시작했다.

내가 먼저 칠판에 선을 그려 가면서 힘을 표현해 보았다. 거대한 힘이나 기운,
그 기운의 다양한 움직임, 이를테면 기운이 뭉치고 흩어지는 모습, 일정한 방향으로
흘러가는 모습, 반복하면서 증폭되는 모습, 그리고 기운의 소용돌이와 파장,
원심력과 구심력 등을 선으로 어떻게 표현할 수 있을지 아이들과 함께 찾아보았다.
밖으로 퍼져 나가거나 안으로 모아지게 선을 긋는 방법, 반복해서 강한 힘을 주어
선을 긋는 방법, 손힘의 강약을 조절하면서 구불구불 선을 긋는 방법도 시험해
보았다. 그리고 동굴 안과 동굴 밖의 세계를 한 그림에 함께 담아내자고 했다.

추상적인 세계를 아이들이 과연 그려 낼 수 있을까? 나라면 해낼 수 있을까?
아마 머리 붙잡고 끙끙대기만 했을 것이다. 그런데 신기하게도 아이들은 겁 없이
아주 멋지게 잘 그려 냈다. 사물의 형태를 닮게 그리는 것은 어려워도 느낌을
표현하는 것은 오히려 어렵지 않아 보였다. 아이들은 잘 그리고 못 그리고의
기준에서 자유롭기 때문이다. 교실을 돌며 아이들이 생각을 풀어내는 과정을
관찰했다.

박지민이 동굴 속 자연의 힘을 그리고 난 후, 땅 위에 베이비핑크색 원을

❖❖ 알에서 깨어나 하늘을 연 반고의 창세 신화다. 거인 반고는 붙어 있던 하늘과 땅을 나눠, 머리는 하늘을 받치고 발은 땅을 밟아 매일 한 길(약 3.3미터)씩 자랐다. 하늘도 그만큼 높아지고 1만 8000년이 지나 하늘과 땅이 합쳐질 걱정을 하지 않게 되자 죽음을 맞이했다. 그의 몸은 흩어져 바람과 구름, 해와 달과 별, 산과 강, 금속과 암석, 풀과 나무, 이슬과 단비가 되었다.

❖❖❖ 중국 춘추전국시대의 철학자 장자가 지은 책 <장자>에 나오는 새다. 북쪽 바다에 사는 상상의 물고기 '곤'이 변해서 된 붕새는 등의 길이가 몇천 리나 되는지 알 수 없을 정도로 크다. 날아오르면 한 번에 9만 리를 가고, 날개가 구름처럼 하늘을 뒤덮으며 3000리에 이르는 파도가 칠 정도로 큰 바람을 일으킨다.

그리기 시작했다. 사람들이 돌아다니는 모습이다. 베이비핑크는 지민이 동생이 좋아하는 색이란다. 나는 동그라미가 멋있다고, 그림이 이제 완성된 것 같다고, 그만 그려도 좋겠다고 말하고는 교실을 한 바퀴 더 돌았다. 다시 지민이 책상 앞에 와 보니, 지민이는 분홍색 동그라미 밖으로 붓끝을 돌리며 하늘색 원을 더 그리고 있었다. 황홀할 정도로 아름다워서 한참을 서서 그리는 모습을 바라보았다. 우리가 사는 땅 위의 세상이 이렇듯 아름다울 수 있다니! 본인도 만족스러웠는지 그날 지민이 얼굴은 자신감에 들떠 있었다.

그림을 완성하고 나서는 간단하게라도 발표 시간을 가졌다. 안소현은 그림을 멋지게 완성하고도, 처음에는 '이렇게' 그리려고 했는데 잘 안되었고, 색도 '이렇게' 칠하려고 했는데 잘 안되었다고 한참 말을 잇다가, 마지막에 가서야 '그렇지만' 완성한 그림은 마음에 든단다. 오선우는 감정을 실어 선 긋는 것을 어려워했다. 어떻게 그려야 할지 매번 겁을 낸다. 조금 그리고는 "그다음에 무얼 그리나요?", "형태를 그대로 그려도 되나요?", "어떻게 더 그리나요?", "이렇게 그리려고 하는데 괜찮나요?" 질문이 제일 많은 친구다. 그림을 그리는 시간보다 나에게 물어보려고, 나의 대답을 들으려고 기다리는 시간이 더 많았다. 보이는 대로 형태를 그리는 데 익숙하고, 관찰한 후의 느낌을 표현하는 것은 어려워했다. 이렇게 그려도 되는지, 끊임없이 자기 검열을 하는 것일지도 모르겠다.

　　　　"사물의 형태나 크기를 생각하지 말고 마음속에 떠오른 느낌대로 화면에 마구 저질러 봐요."

　　　　동굴 속의 경험을 되돌아보며 느낌을 상기하도록 도왔다. 아이가 고개를 끄덕이면 나는 자리를 떠났다. 선우는 점차 물어보는 횟수가 줄고 자신에게 집중하는 시간이 길어졌다. 선우의 그림은 소박 담백하고 따듯하다. 아이들이 수업을 통해, 그림 그릴 때 느끼는 짜릿한 희열과 자유를 맛보았으면 좋겠다.

새와 그림책, 우리의 짧은 여행

"우리가 어제는 '땅 위에 번성한 생명'을 그렸어요. 그림 한쪽에 새를 숨겨 그려 놓았지요. 오늘은 숨겨 놓은 새가 주인공이 되어 화면 중앙에 등장합니다. 그리기 전에 새소리를 들려줄 거예요. 내 친구 새가 내는 소리를 들리는 그대로 공책에 적어 보세요."

전날에는 수업 자료로 거문오름에 사는 새들의 사진을 나누어 주었다. 아이들은 각자 가장 마음에 드는 새를 골랐다. 화려한 무지개 색 몸을 가진 천연기념물 팔색조, 등과 꼬리가 새까맣고 정말로 긴 꼬리를 지닌 긴꼬리딱새, 동백꽃 꿀을 좋아하는 녹색 깃털 동박새, 거문오름 산수국의 파란색을 닮은 큰유리새 등, 아이들 선택에는 나름대로 이유가 있었다. 이렇게 고른 새는 이제부터 각자의 친구로 그림 속에 계속 등장한다. 산수국 뒤에서, 이파리 너머에서, 꽃밭에서 새를 만나고, 새와 함께 여행한다. 집으로 돌아올 즈음이면, 아이와 새는 단짝 친구가 되어 있을 것이다. 그러면서 둘만의 이야기도 만들어질 것이다.

김상수 단장님이 새 연구자에게 부탁해 거문오름의 새소리 녹음 파일을 구해 주셨다. 모두 18종이었는데, 15명의 아이들이 그중에 팔색조, 긴꼬리딱새, 큰유리새, 섬휘파람새, 동박새, 솔부엉이, 큰오색딱다구리, 때까치, 노랑턱멧새를 골랐다. 나머지는 호랑지바귀, 곤줄박이, 두견이, 박새, 어치, 멧새, 뻐꾸기, 직박구리, 방울새였다. 아이들이 새를 그릴 때 좀 더 눈여겨볼 곳을 짚어 주었다. 인터넷에서

검색한 새의 이미지를 TV 큰 화면에 띄워 하나씩 보여 주면서 새의 특징과 형태를 설명했다. 어떤 새는 목이 아주 길고, 어떤 새는 목이 짧아 공처럼 둥그렇고, 어떤 새는 부리가 휘었고, 큰유리새는 등과 배의 색이 다르고….

　　그리고 그림책 글을 쓸 때 도움이 되도록 새소리를 들려주었다. 들리는 대로 새소리를 적어 보는 것이다. 나는 서울 집 가까이 북한산에서 낯선 새소리를 자주 듣는다. 그럴 때마다 쫍뺏 쫍뺏 쫍뺏, 쫍뺏 쫍뺏 쫍뺏, 입을 모아 새소리를 발음해 본다. 저렇게 우는 새는 어떻게 생겼을까 궁금해 하면서. 단장님께 받은 새소리 녹음을 들어 보니 대부분 처음 듣는 소리였다. 반복해서 듣고 있는데 책상 위에서 잠자던 고양이가 귀를 쫑긋거리며 일어나더니 창가로 가서 밖을 살폈다. '새소리는 창밖에서 나는 것인데 아닌가?' 다시 소리를 따라 컴퓨터 앞을 맴돌았다.

　　'흠, 고양이가 속아 넘어갈 정도면 아이들이 감상하기에 충분하고도 남겠군!'

　　아이들이 새소리를 듣고 공책에 적기 시작했다. 새소리를 듣는 표정이 어찌 그리 열심인지. 허공에, 벽면에, 창문에, 공책에, 책상 모서리에 시선이 닿는 대로 뚫어져라 쳐다보며 새소리에 집중했다. 아마도 아이들은 자연의 새소리를 우리말의 발음으로 변환하는 복잡한 과정을 거치는 중이었을 거다. 똑같은 새소리를 저마다 조금씩 다르게 듣고 조금씩 다른 발음으로 적었다. 아이들이 제일 신기해했던 새소리는 솔부엉이다. 아무도 예상하지 못한 소리다. 발표 시간에 김서영이 그것을 '개 소리' 같다고 해서, 아이들이 모두 깔깔대고 웃었다.

백다은은 눈에 잘 띄지 않는 평범한 새를 골랐다고 했다. 곧잘 생각에 잠겨서, 다른 아이들이 그림을 그리기 시작한 후에도 쉽게 붓을 들지 못하는 아이다. 제일 늦게까지 그리고, 발표도 맨 마지막에 했다. 내가 "다은아, 시간 모자라겠다. 빨리 붓을 들어"라고 하면, "다른 애들과 다르게 그리고 싶어요"라고 대답했다. 다은이 그림은 구도나 색감이 독특하다. 발표를 위해 칠판 위에 그림을 세우자 아이들이 한마디씩 했다. "그림이 고독하다!" 그림 속 섬휘파람새는 다은이를 닮았다. 수업이 끝난 뒤 아이들은 모두 교실을 빠져나가고 나는 카메라로 아이들 작품을 찍으면서 수업을 정리하고 있었다. 조금 뒤 다은이가 돌아와 나에게 물었다.

"선생님, 고독이 뭐예요?"

"외롭고 쓸쓸한 거야."

"아, 네."

다은이는 허공을 바라보며 짧은 대답을 남기고는 뒤돌아 복도로 달려갔다. 다은이 그림에는 여린 가슴의 따뜻함이 어려 있다. 부서질 듯 섬세하고 그래서 더 소중해 보이는, 그런 속에도 단단한 심지가 자라고 있는 것이 보였다.

그림을 그린다는 것은 자신의 세계를 만들고 스스로를 존중하는 일이다.

그림을 그리는 동안 생각에 골몰하고 내면 깊숙이 들어가 자신의 심지를 세운다. 그곳에서 타인은 모두 소거되고 오롯이 자신의 생각과 감정이 길어 올려진다. 그것이 화면에 옮겨져 아름답게 드러나고 확인될 때 자신이 대견해진다. 그곳은 동시에 밖으로 열린 세계이기도 하다. 세상에 대한 이해를 확장하고 생각을 유연하게 하며 스스로 자유로워진다. 다은이가 이런 자신감과 자유로움의 세계를 맛본 게 분명하다.

　수업이 중반을 넘어서고 아이들이 갈수록 그림에 몰입해 가는 것을 보면서 나는 이 수업의 진행을 다시 되돌아보았다. 처음에 프로젝트를 제안 받았을 때는 수업안을 짜기가 막막했었다. 이런 프로그램은 보통 참여자들이 각자 하고 싶은 이야기를 글로 쓰고, 그 글을 열다섯 전후의 장면으로 나눈 다음, 거기에 맞추어 그림을 그린다. 혹은 반대로, 먼저 이미지를 떠올리고, 그것을 그림으로 이어서 풀어낸 후, 글을 나중에 써서 붙이기도 한다. 그러나 5, 6학년 어린이 15명이 함께하는 우리 수업에 이런 방식을 적용하는 데는 몇 가지 어려움이 보였다.

　가장 먼저 아이들이 쓰기 단계에서 만들어 낸 이야기가 그다지 읽을 만하지 않으면 어떻게 할까? 아무리 부추겨도 아이들이 이야기를 만들어 내는 것은 쉬운 일이 아니다. 아마도 15명 중 서너 편 완성된 글이 나올 텐데, 글이 서로 비교되면서 아이들이 마음의 상처를 받지는 않을까? 글을 못 쓴다고 해서 생각이나 감정이 부족한 것은 아니다. 다만 글로 표현하는 것이 익숙하지 않거나 훈련이 부족할 뿐이다. 더욱이 글이 그림책에 담겨 유통될 것을 생각하면 아이들이 가질 부담은 작지 않다.

또, 그림이 볼 만하지 않으면 어떻게 하나? 이야기를 그림으로 그리라고 하면 아이들은 대부분 사물을 그려서 이야기를 표현하려고 한다. 이것은 전문 작가들에게도 어려운 일이다. 수업을 시작하기 전에 학교에 부탁해서 그동안 아이들이 그린 그림을 받아 보았다. 대부분 사인펜을 사용해 단순한 사물의 형태를 그리는 선 드로잉이었다. 흔히 본 듯한 캐릭터에 테두리를 그리고 그 안을 색연필로 거칠게 메꾸었다. 아이들의 그림책이 한결같이 그런 그림으로 채워진다면 그다지 매력적으로 보이지는 않을 것이다.

게다가 이런 방식으로 그림책 만들기를 진행할 경우 아이들이 다루는 이야기가 각각 달라 교사는 아이들의 그림 구성과 표현을 한 사람씩 개별 지도해야 한다. 혼자 진행하기엔 무리다. 그래서 찾은 방법이 공통의 그림책 구성안을 미리 짜고, 수업마다 같은 주제로 그림을 한 장씩 완성하여 그림책으로 묶을 수 있도록 수업을 진행하는 것이다. 아이들과 내가 함께 만드는 새로운 형식의 그림책이다. 수업할 때마다 한 사람에 한 장씩 그림이 모였다. 수업은 그림책의 완성을 향해 나아가는 하나의 짧은 여행이다.

비가 올 때는 우산을 쓰지 않는 편이다

7월 10일, 전국에 비가 내렸다. 서울 집을 떠나 제주공항에 도착하니 오후 6시가 넘었다. 공항에서 선흘리 숙소까지 한 번에 가는 차가 없어 제주 버스터미널에서 버스를 갈아타고 또 50분 넘게 가야 한다. 거문오름 입구 정류장에 내려서는 인적이 드문 아스팔트 길을 10분 이상 걸어야 숙소가 나온다. 날은 점점 어두워지고 슬슬 걱정이 되었다. 어둑어둑해진 저녁나절, 비는 쏟아지고 안개 낀 아스팔트를 혼자 걸어서 숙소로 가는 것이 내키지 않았다. 그렇다고 친구에게 차 신세를 지자니 외진 곳까지 날 데려다 주고 돌아가야 하는 빗길 운전 역시 마음이 놓이지 않았다.

　　나에게는 무서움이 일 때마다 마음을 진정시키는 방법이 있다. <나무 도장> 답사를 준비할 때였다. 작품을 잘하고 싶은 욕심에 제주 중산간에 방을 한 칸 얻어 한 달 정도 묵으며 취재하고 그림도 그려야지 했다. 그런데 제주 4·3 증언집을 읽어 보니 곳곳이 학살터인 데다가 인적이 뜸한 중산간은 으스스하기까지 했다. 제주 사람들에게 귀신 이야기를 듣고 나서는 아예 방 얻어 혼자 지내는 것을 포기했다. 제주는 햇빛이 날 때는 눈부시게 화창하고 아름답지만, 비바람이 불면 윙윙대는 바람 소리도 무섭고, 사람을 떠밀고 가는 바람의 힘도 무섭고, 비에 흠뻑 젖은 나무와 뒤엉킨 넝쿨, 검은 돌이 선명하게 색을 드러내는 것도 무섭다. 제주의 중산간은 어딘가 멀리 아주 오랜 시간 너머로 나를 데려가는 것 같다.

　　4·3 희생자들의 위패를 모신 평화공원 분향소에 갔을 때였다. 좌우로 몸을

돌리고 위아래로 훑어봐야 할 만큼 검은색 위패가 벽면에 가득했다. 갑자기 흰색 글씨로 새긴 희생자들의 이름이 위패에서 빠져나와 분향소 공간을 채우는 것 같아 울컥했다. 밖으로 나와 향을 피우며 4·3 영령들에게 빌었다. "제가 그림책을 완성할 수 있도록 무섭지 않게 해 주세요." 정말 영령들이 도와 주셨는지 학살터를 답사하고 동굴에 들어갈 때도 무섭지 않았다. 그때부터 무서운 생각이 들면 4·3 영령들이 나를 지켜 줄 거라고 스스로 위안을 했다.

　버스 맨 앞자리에 앉아 창밖을 보면서 이런 생각을 하고 무서움을 덜어 냈다. 버스가 선흘리에 멈추고, 다행히 아저씨 한 분이 앞서 내렸다. 나는 아저씨를 바짝 뒤쫓아 걸었다. 우산을 썼지만 바람 때문에 빗줄기가 사방에서 들이쳐 금방 옷이 젖었다. 어둡고 안개까지 뿌연 데다가 안경에 빗방울이 내리쳐 앞이 어른어른했다. 외길이니 이렇게 아저씨 뒤만 쫓아가면 되었다. 그런데 앞에 승용차가 와서 섰다. 아저씨는 그 차를 타고 가 버렸다. 누군가가 마중을 나온 것 같았다. 나도 태워 주지, 야속했다. 아저씨는 오히려 내가 무서웠을까? 빗속을 뛰다시피 걸었다. 안개 속에 신비롭게 서 있는 거문오름이 멀리 보였다. 무서움도 잊고 장엄한 풍경을 감상하느라 발걸음이 느려졌다. 비에 홀딱 젖은 채 숙소에 들어왔다. 그래도 내심 수업은 잘할 수 있을 것 같았다. 바람과 비를 그리는 수업을 앞두고 이렇게 비를 쫄딱 맞아 보았으니 말이다. 비를 그리는 날, 김서영은 그림을 마치고 공책에 이렇게 글을 썼다.

"비가 올 때는 우산을 쓰지 않는 편이다 / 비를 맞고 있는 내 옆에 솔부엉이가 서 있다 / 나를 위로해 주는 비밀 친구다 / 쏴아아아 / 내리는 빗줄기 속 / 나와 친구가 / 강한 빗줄기를 뚫고 / 자전거로 쌩 달려온다 / 오르막길에서부터 / 내려오는 / 냇물을 겨우 뚫고 / 겨우 올라간다 / 집에 도착했을 땐 / 이미 / 빗물 속에 몸을 푹 담근 후였다"

다음 날 비가 개고, 학교로 가는 아스팔트 위에 커다란 지렁이가 죽어서 개미에 둘러싸여 있었다. 맑은 하늘 전깃줄에 앉는 새 부리에도 지렁이인지 애벌레인지가 흔들거렸다. 내가 본 것을 들려주면 아이들은 그것을 생생하게 그려 낸다. 아이들도 나도 선흘리에 같이 살고 있다는 것, 공감하는 일상이 점점 많아지고 있다는 것이 수업의 많은 문제를 해결해 주었다. 동네를 산책하다 보면 곳곳에서 아이들의 그림 속 장면이 떠오른다. 그림은 이곳의 자연과 일상을 그대로 담고 있다. 아이들이 매일매일의 일상에서 어떻게 새로운 느낌을 끌어낼 수 있을지, 자연과 자신의 관계를 표현하는 것은 또 어떻게 가능할지, 그 방법은 내가 선흘리에 살면서 발견한 단서들을 아이들과 공유하는 것이다. 그리고 아이들이 일상에서 건져 올린 새로운 느낌, 새로운 세계가 아주 멋지다고 감탄해 주는 것이다. 다른 사람과 비교할 것 없이, 각자 느낀 대로 생각한 대로 다채로운 풍경을 만들고, 그 풍경 속에 조화를 이루며 자라기를 희망한다.

그림 수업을 위한 세 가지 원칙

사물 형태를 그리기는 쉽지 않다. 인물은 더 어렵고 훈련이 많이 필요하다. 이번 수업은 그런 훈련보다는 자연과 나의 관계를 다시 생각하고 직접 느끼고 표현하는 경험을 해 보는 데 중점을 두었다. 남의 그림을 따라 그리거나, 못 그린다고 좌절하지 않도록 먼저 자신의 중심을 세우는 일이 필요했다. 누구는 잘 그리고 누구는 못 그리고, 이렇게 비교되지 않도록 해야 했다. 사람들은 보통 사물과 닮게 그린 그림을 잘 그렸다고 한다. 닮음을 기준으로 그림을 보면 당연히 못 그린 그림도 생긴다. 그러나 세상에 그림을 못 그리는 사람은 없다. 누구나 일상 속에서 한순간이라도 감정이 일지 않는 사람은 없고, 그것을 표현해 내면 그림이 될 수 있기 때문이다. 어느 순간부터 안 그리게 되었고 못 그린다고 생각할 뿐이다. 나는 아이들이 형태를 모사하는 데서 자유로워지고, 무엇을 그리든 자신의 감정 그대로를 표현해 내기를 바랐다.

수업을 계획하면서 나름의 원칙 몇 가지를 세웠다.

첫째는 당분간 아이들에게 형태를 그리지 못하게 한다는 것이다. 각자 가져온 현무암을 책상에 올려놓고 목탄으로 돌의 느낌을 그리는 시간이었다. 아이들은 처음 써 보는 목탄이 신기했는지 긋고 문지르고를 반복하면서 화면도 손도 검어지고, 옷과 얼굴까지 검은색이 되었다. 지우개로 지워 가면서 돌의 밝은 면을 그리는 것도 신기해했다. 색을 쓰지 않고 사절지 가득 목탄으로만 느낌을 표현했다.

목탄 그림에는 여러 흔적이 남아 있다. 목탄이 날카롭게 도화지를 긁으면서 낸 상처 자국, 손으로 문지르면서 목탄 가루가 그 자국을 메워 만들어 내는 선, 목탄이 도화지에 부드럽게 배어들어 선과 선을 감싸면서 만들어지는 면, 모두 보기 좋다. 아이들은 그 느낌을 이렇게 적었다.

　　"돌의 검정색과 회색은 구르고 부딪치면서 난 상처 같다."

　　"돌은 감정이 없지만 슬플 것 같다."

　　"돌을 자세히 관찰하니 돌이 무섭다."

　　"돌은 은하수 같다."

　　정말, 형태 없이 도화지를 가득 채운 목탄의 질감은 두고두고 봐도 질리지 않는다. 그래서 오선우는 "형태 없이 그렸는데 형태가 생기니 새로웠다"고 하고, 하윤은 "분명 돌을 보고 그렸는데 너무 달라서 내심 놀랐다"고 했다.

　　수업을 여러 차례 진행하고 나서 담임 선생님이 재미있는 이야기를 해 주셨다. 아이들과 함께 수업 시간에 그린 그림을 정리하는데 목탄으로 그린 그림은 어떤 것이 자기 그림인지 모르더란다. 할 수 없이 그림을 쭉 펼쳐 놓고 둘러서서 서로 조정하고 참견하고 증언하면서 그림 주인을 정했다고 하였다. 통쾌했다. 그날 수업은 정말 성공했구나. 그림의 우열을 정하는 기준을 완전히 없애 버렸고, 자기 그림이 어떤 건지도 모를 만큼 그리는 과정에서 완전 자유로웠구나! 나는 나름대로

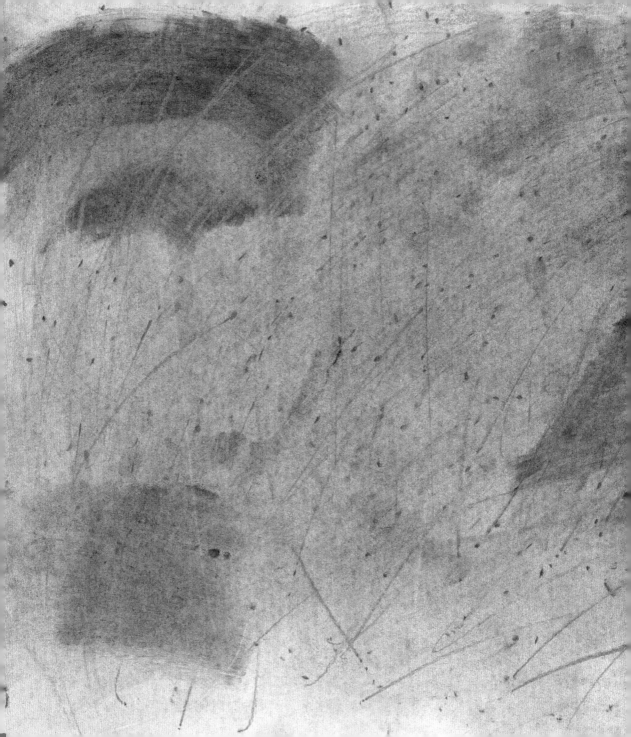

이렇게 해석했다.

둘째는 관찰을 충실히 하는 것이다. 사물을 관찰하고 그리는 일은 사물을 더 깊이 이해하고 해석하고 기억하기 위한 과정이다. 사진을 찍는 것과 다르게 우리의 눈은 카메라가 담지 못하는 부분까지 시점을 옮기며 주위를 넓게 훑는다. 눈으로 관찰하는 동안 사물이나 풍경에 생각과 감정이 섞여 들어가 형태를 과장하고 확장한다. 사진을 보고 그릴 때와 다르게 사물을 실제로 마주하면 신기하게도 대상과 대화를 할 수 있다. 그림 그리기는 그 과정 전체를 담아내는 일이다. 새로운 발견을 통해 대상에 대한 그동안의 고정적인 생각에서 벗어나 유연하고 자유로운 길을 찾아간다. 이병준은 공책에 다음과 같이 썼다.

"돌을 관찰하면서 느낀 점은, 관찰이 세상에서 아마도 가장 흥미로운 일인 거 같다. 관찰할 때 물체를 보는 시선을 다르게 해야 한다는 걸 알게 됐다. 그리고 돌을 보는 고정 관념도 없애야겠다."

셋째는 우연을 즐기는 것이다. 아이들은 발표 중에 이런 말을 많이 했다. '그리다 보니 붓 가는 대로 아무 생각 없이 그리게 되었다, 우연히 파란색을 그냥 칠해 보았는데 마음에 들었다, 내가 그리려던 게 이게 아닌데 그리다 보니 다른 작품이 탄생했다, 칠하다가 생각이 나서 이렇게 그리니까 좋았다, 뜻하지 않게 쓴 색에 나도 놀랐다…' 어떻게든 용기를 내어 첫 획을 그으면 화면의 선과 대화가 시작된다. 일단 저지르고 이리저리 수습하며 자신의 의도와 많이 빗나가 있는 의외의 세계를 경험한다. 그림은 그렇게 의도했던 것과 의도하지 않은 것들이 붓과 물감과 종이와 어우러지면서 변하고 조정하며 완성된다. 밖으로는 화면에, 안으로는 자신의 내면에 조화로움과 아름다움을 만들어 내는 일이 그림 그리기다.

우리 수업이 끝나간다. 아이들은 재료에도 익숙해지고, 색감도 풍부해지고, 구도도 개성을 띠어 가고, 뜻밖의 구상을 꺼내 놓기도 했다. 무엇보다 몰입하는 시간이 길어졌다. 물통에 붓을 흔들어 빠는 소리, 가끔 물통을 비우고 새 물을 받는 소리, 뭐가 잘 안된다고 날 부르는 소리가 간간이 섞일 뿐, 어떤 팽팽한 열기가 교실에 가득했다.

이산희는 말없이 조용히, 아주 열심히 그림을 그린다. 먹구름 그리는 것을 보고 있자니 혹시 저렇게 열심히 하다가 쓰러지기라도 하면 어쩌지 싶었다. 마치 수도하는 성직자처럼 보인다. 물감을 조금씩 팔레트에 짜고, 붓으로 살살 물감을 섞어 조심스럽게 칠하고, 물을 잔뜩 머금은 붓으로 물감을 흘리고, 입으로 불어 대고, 다시 물감을 휴지로 닦아 내면서 색의 농도를 맞추고, 이런 과정을 끊임없이 반복한다. 누구도 끼어들 수 없는 자기만의 세계에 빠져 있다.

"산희야, 그림 그리는 게 힘들지 않니?"

"생각한 것을 그림으로 딱 그렸을 때 되게 스트레스가 풀려요."

✤ 권윤덕 글·그림, <피카이아>, 창비, 2013. 피카이아는 고생대 캄브리아기에 살았던 4센티미터 크기의 척색동물로 척추동물의 조상이다. 다른 사람보다 우월해야만 견디고 살아남을 수 있는 게 아니라, 누구나 지금 이 세상에 존재하는 것 자체가 소중하다는 사실, 그것만으로도 미래의 많은 가능성을 품고 있는 귀한 존재라는 사실을 <피카이아>는 이야기한다.

"그래도 마음대로 안 그려질 때가 있잖아?"

"그럴 때는 다음에 어떻게 할까 생각하는 것도 즐거워요."

내면에 숨겨진 어떤 힘이 산희를 그렇게 빨아들이는 것일까? 그의 그림에는 세상을 밝고 아름답게 상상하는 힘이 담겨 있다. 돌에서 구름을 보고, 저녁 해를 보고, 반짝이는 별을 본다. 비 오는 날 먹구름이 머금은 파란 하늘을 본다.

그림 그리는 아이들을 보면서 <피카이아>✤의 마지막 장면이 떠올랐다. 이곳은 시간이 참 느리게 흐르고 있구나! 맛있는 초콜릿을 야금야금 먹으며 시간을 늘이듯, 아이들도 나도 이 시간을 아쉬워하고 있구나. 오늘도 늦게까지 남아 있는 지민이와 다은이는 그림을 더 그리고 싶단다. 두 아이는 한 획씩 덧칠해 가며 시간을 늘였다. 다은이는 검은색으로 눈을 그렸다가 그 위에 다시 얼굴색을 칠해 지우고, 드라이기로 그림을 말리고, 다시 검은 눈 그리기를 반복했다.

"지민아, 얼른 마치고 방과 후 수업 가야지?"

"내가 하고 싶은 그림 그리기를 더 하는 것이 중요해요."

그림에는, 노을 속 침대에 지민이가 누워 있고 그 배 위에 친구 오색딱따구리가 올라앉았다. 마주 보고 있는 둘의 모습을 붓으로 매만지고 있었다. 아, 지금 이 시간이 아주 느릿느릿 흘러갔으면.

거문오름 용암길

6, 7월은 산수국이 한창 필 때다. 헛꽃이 암술과 수술을 가운데 두고 빙 둘러 핀다. 바람이 살랑살랑 불면 마치 여덟 마리 하늘색 나비가 암술 수술에 앉으려고 나풀대는 듯하다. 제주 친구가 우리 집에 오면서 작은 산수국 한 그루를 가져왔는데 꽃이 어찌나 예쁜지 봄만 되면 산수국이 언제 피나 기다린다. 잎이 나고 꽃망울이 올라오기 시작하면 매일 나무 앞에 앉아 망울 개수를 세어 본다. 선흘리에 와 보니 그 산수국이 거문오름 오르는 길가 산기슭에 가득 피어 있다. 층층이 얼마나 많이 피었는지, 보고 있으면 내 마음이 산기슭 위로 훨훨 날아 올라갈 것만 같다.

수업을 마치고 오후가 되면 숙소를 나와 동네 산책을 나가곤 했다. 마을을 돌아 거문오름 가는 샛길로 한 바퀴 돌아온다. 동네 담장 아래에 내 머리만 한 수국이 한 다발씩 피어 있다. 서울의 꽃집에서 보는 수국과 다르게 융단 같은 진보라색 꽃이 크고 탐스럽다. 이런 꽃은 처음 보았다. 한 다발 안에 작은 꽃들이 네 잎을 활짝 펴고 다닥다닥 붙어서는 나에게 인사를 건넨다. 외딴집 뒤편 언덕에서 노루가 놀란 눈으로 나를 한참 쳐다본다. 나도 놀라 같이 마주 보고 멈춰 선다. 동네 길 끝에서 거문오름 가는 샛길로 들어서면 갑자기 아주 낯선 세상처럼 공기가 예사롭지 않다. 검고, 그윽하고, 드러나지 않고 감춰져 있는, 신성한… 아마도 '거문'의 뜻이 그런 것이리라. 거문오름을 마주 보는 느낌도 그렇다. 바람이 불면 주변 벌판에 길게 자란 풀잎이 물결친다. 나무 덤불에서 새소리와 풀벌레 소리가 뒤섞여 들린다. 나는 어두운 연둣빛이 감도는 땅 위에 발을 딛고 하늘을 올려다본다. 지평선부터 머리 위까지 하늘을 덮은 새털구름이 천사 날개처럼 반짝인다. 사람 발길이 드문 여기 이렇게 혼자 서 있으면 아득한 옛날 처음 출현한 호모사피엔스가 겪었을 고독이 떠오른다. 장엄하고 신비로운 풍경은 사람의 감정을 이렇게 일렁이게 하는구나.

한번은 저녁나절, 친구와 함께 거문오름으로 산책을 나갔다. 샛길을 걷다 보니 거문오름 숲에 다다랐다. 숲은 깊고 어둡고 짙푸르렀다. 저녁 햇살이 가끔 나뭇가지 사이로 들이비치면 땅 위의 흰 꽃잎이 형광을 내뿜는다. 햇살에 이끌려 조금씩 숲으로 들어가다가 어느 순간부터 더 걸어 들어가지 못했다. 숲은 왜 이곳까지 들어왔냐며 우리를 밀어냈다. 나무와 덤불이 울창하게 뒤엉킨 저 아래 계곡에서는 숲의 정령들이 하루를 마감하는 의례를 행하는 것 같았다. 친구도 두려웠는지 그만 돌아가자고 했다. 자연이 허락하지 않는 발걸음이 있구나 싶었다.

더위가 한창인 7월 20일, 2019년 세계자연유산 거문오름 국제트레킹 행사가 열렸다. 이 기간에는 평상시 개방하지 않는 거문오름 용암길을 가 볼 수 있다. 여기에 참여하려고 상반기 수업을 모두 마치고 이틀을 더 숙소에 머물렀다. '자연과 나' 수업을 진행하면서 이 용암길은 더 꼭 가 보고 싶었다. 그런데 하필이면 행사 하루 전날, 태풍이 제주를 지나간단다. 태풍의 진로가 바뀌기를 기대하며 일기예보에 귀를 기울였지만 그런 일은 없었다. 밤새 비바람이 내리쳤다. 숙소 창문으로 내다보니 검은 밤 빗속에 흰 안개가 천지사방으로 몰려다녔다. 부웅 부웅 바람에 실려 하늘로 올라가는 흰 안개는 섬뜩하였다. 나뭇가지들이 이리저리 몸을 비틀며 주저앉고 일어서고, 한쪽으로 쏠렸다가 다시 흩어졌다. 비바람이 창문 바로 앞 야자수 잎을 매섭고 세차게 훑었다. 밤사이에 나무들이 남아날까?

태풍이 지나가고 용암길에 올랐다. 안전하게 정비된 데크와 계단에는 비바람이 훑어 낸 나무 이파리와 가지들이 널려 있었다. 큰 가지가 부러지거나 통째로 쓰러진 나무도 보였다. 용암길은 사람이 걸을 수 있는 최소한의 폭만 길을 내놓았다. 아직 자연 그대로다. 낙엽 쌓인 돌길을 걷다 보니, 발아래가 폭신폭신하다가 미끈미끈하다가 울퉁불퉁했다. 곶자왈의 상록활엽수는 새잎이 나오면서 5, 6월에 낡은 잎을 떨군다. 바닥엔 육지의 가을처럼 갈색 낙엽이 쌓였는데 나뭇가지는 앙상하지 않고 푸른 새잎이 우거져 있다. 화려한 색의 대비다. 바위 밑동을 감싸고 낙엽을 들추며 땅 위로 올라온 나무뿌리가 습기로 번들거린다. 뱀처럼 꿈틀거리며 나보다 한발 앞서 길을 간다. 검은 바위가 물방울 달린 초록 융단을 덮어 쓰고 옹기종기 모여 방문자를 구경한다. 숲은 싱그럽고 활기 있다.

걷고 있는 용암길은 아이들과 그린 그림책의 클라이맥스와 같았다. 나의 수업 지도안에는 이렇게 적혀 있다.

'비가 그친 후, 햇빛이 만드는 짙은 명암 속 도드라진 사물 속에서 다른 세계를 상상해 보고, 그곳으로 가는 길을 그린다. 그 공간에서 자신은 어떤 모습으로 있고 싶은지 생각해 본다.'

　태풍이 지나간 뒤 다시 나온 햇빛 아래 자연은 싱그럽다. 그 위에 활기찬 자신의 모습을 담은 아이들 그림이 겹쳐졌다. '햇빛은 밖에서 놀자고 부르고', 이제 나도 '내 친구 동박새와 구름에서 나온 햇빛과, 풀잎에 고인 차가운 물방울과 모두 함께' 뛰어놀 것이다. 물기를 머금은 생명은 햇살을 받으며 부쩍 자라고, 다시 다음 계절을 맞이하겠지. 나는 용암길 환한 초록빛 길을 따라 아이들이 만든 그림 속 상상의 공간으로 들어갔다.

바다는 자연의 어머니예요. 조용히 부드럽게 옛날이야기를 내 귀에 속삭여요.

물
고
기
의

속
사
정

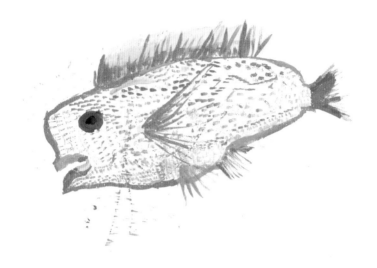

과학실 책상 위에 어제 잡힌 참돔이 놓여 있어요. 빨간 우럭도 있어요.
지느러미가 작은 줄 알았는데 손가락으로 잡아당겨 보니, 생각보다 크고 가시가 많았어요.

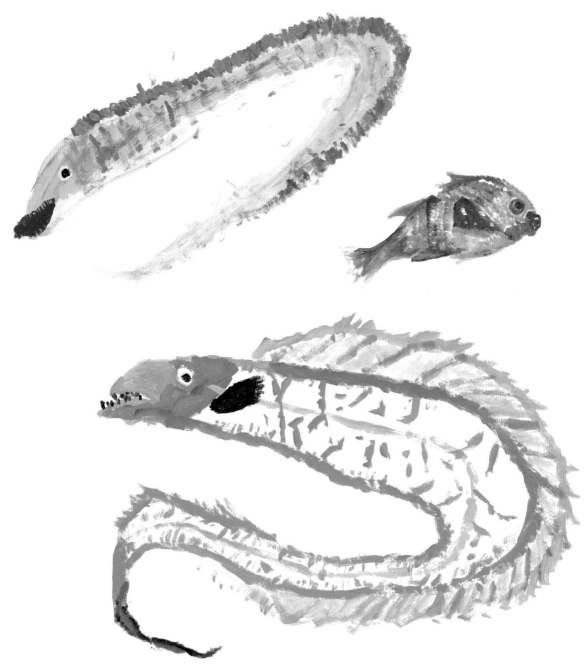

내가 먹은 갈치는 작았는데, 이 갈치는 진짜 커서 징그럽기도 하고 무섭기도 했어요.
통통하게 살이 올라 갈치조림 해 먹고 싶었지만 죽은 걸 보니 안쓰러웠어요.
"사람들은 나를 맛있게 먹고 있어. 너도 그래!" 죽은 갈치가 나에게 말했어요.
갈치가 아플 것 같아 미안하고 고마웠어요. 나는 정말 물고기가 살아 있는 것처럼 그렸어요.

물고기가 살아 있다면 친구들과 떼 지어 해초 사이를 빠르게 헤엄치며 다녔을 거예요.
나는 물고기에게 해 주는 게 없는데 물고기는 우리에게 목숨을 내주어 소중했어요.
물고기를 음식이 아니라 친구로 만나고 싶어요.

나에게 정말 물고기 친구가 생겼어요. 마트 가는 길에서 만났어요.
물고기가 다리로 걸어 다니길래 신기해서 데려왔어요.
맛있는 것을 같이 먹고, 이야기를 들어 주면서 친구가 되었어요.

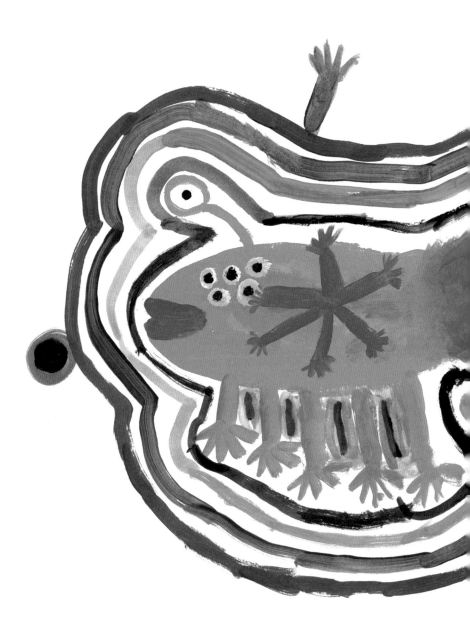

물고기 친구는 내 이야기도 조용히 잘 들어 줘요.
나는 물고기 친구와 바닷속에서 수영하며 춤추고 싶어요.

물고기 친구와 깊은 바닷속으로 놀러 갔어요.
바다는 넓은 마음을 가지고 있어요. 많은 생물이 살고 있으니까요.

바다는 생명줄이에요.

바다 깊은 곳에 바다의 신이 살고 있어요.

"네가 올 걸 예상했지만 이렇게 빨리 올 줄이야. 인간이 우리 식구들 죽이는 걸
 알고 있을 텐데. 인간과 우리는 서로 적이다."
 반길 줄 알았던 바다의 신은 나를 보자마자 싸늘하게 말했어요.
"바다의 신도 옛날에는 인간들과 놀았잖아요. 꼭 나쁜 인간만 있는 것은 아니잖습니까?"
 나를 나쁜 인간이라고 하는 것 같아 항변했어요.

"바다는 인간에게 도움을 주는데, 인간은 바다를 파괴하고 있지.
물고기가 없어지면 인간도 멸종할 거야." 바다의 신은 단호하게 말했어요.

우린 이대로 정말 괜찮을까? 바다는 이미 많이 파괴된 것이 아닐까?
바다를 지키고 싶어! 이 신비로운 바다를 계속 보고 싶어!

나는 바다의 신과 약속했어요. 모두 잘 살 수 있는 환경을 만들겠다고요.

물고기 친구와 집으로 돌아오는 길에 커다란 플라스틱 섬을 보았어요.
물고기가 알록달록한 플라스틱 작은 조각을 먹이로 삼켰어요.
커다란 어선도 보았어요. 그물에 물고기 수천 마리가 잡혀 올라오고 있었어요.

"빨리 돌아가서 사람들에게 알려야 해!" 우리는 집으로 달려갔어요.

"바닷속에는 많은 일이 일어난다.
문어와 사람이 친구가 되고, 사람이 버린 플라스틱을 먹고 거북이가 죽기도 하지.
사람과 거북이는 적이 될 수도 있고 친구가 될 수도 있어."
바다의 신이 한 말을 되새겼어요.

물고기야
미안해

모두가
살 수 있는
환경을
만들자

인간을 감히
바다의
세계로
데려와?

쓰레기는
잘게
부서져 우리의
입속으로

바다신이
다시
빛날 수 있게
해줄게

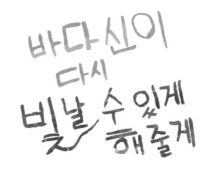

바다를
망가트리는
사람은
벌을 받아야
마땅하다.

바다의
생명이
사라지고
있습니다

바다는
모두의
보물이다.

물고기가
행복해야
우리가
행복하다.

아름답던
바다가
사라진다.

그림

강소윤
권예은
김건혁
김성하
김수안
김연후
김예준
김우진
김한샘
박소이
박예성
송재민
엄승진
이지민
정수경
정지율
조형주
한시연

기획
구성
글

성산초등학교
5·6학년
18명의
글을
권윤덕이
다시
엮어 씀

오래된 용궁

6월, 날씨가 벌써 더웠다. 아직 장마도 아닌데 주기적으로 비가 쏟아졌다. 새 책 원고를 출판사에 넘기고 나니 여름이 이미 와 버렸다. 여름은 내가 가장 좋아하는 계절이다. 남들 덥다는 공기를 내 몸은 따뜻하다고 받아들인다. 기분 좋게 땀을 흘려 볼 수 있고 얇은 옷을 입어 볼 수 있어 좋다. 홀가분하게 제주로 가는 짐을 쌌다. 6월 21일부터 제주 성산초등학교에서 <2021 '자연과 나' 그림책 만들기> 첫 수업이 시작이다. 수업은 10월 초까지 15회 진행하기로 했다. 짬짬이 수업안을 준비했지만, 시간으로나 거리로나 멀리 떨어진 일이라 내용에 부족한 점이 많았다. 여름 방학 전까지 한 달 동안 성산마을에 묵으면서 수업도 시작하고 부족한 수업안도 보완하기로 했다. 한 달 짐을 꾸리다 보니 챙겨 갈 게 많았다.

트렁크 큰 것 작은 것 두 개로 나누어 짐을 쌌다. 날씨가 더워졌다지만 나는 여전히 추위를 느꼈다. 옷의 반은 긴팔이고 내복과 패딩 조끼도 챙겨 넣었다. 그 외는 짐 대부분이 건강 물품과 화구들이었다. 지병인 목디스크에다가 2월부터 시작된 역류성 후두염으로 섭식 장애가 와서 주거 공간을 바꾸는 것이 조금 겁이 나기도 했다. 5개월 동안 6킬로그램이 빠졌으니 몸은 볼품없이 말랐고 가벼워졌다.

새 책 <용맹호>는 이전 작품들보다 더욱 호되게 몸을 깎아 내었다. 베트남전에 참전했던 한국군 용맹호 씨의 전쟁 트라우마를 다룬 그림책이다. 전쟁에서 저지른 잘못이 용맹호 씨 몸과 마음에 덕지덕지 붙어 버렸고, 그 상처를 안고 살다가 결국

그는 길 위에 쓰러진다. 작업을 마치면서 나도 쓰러졌다. 가해자의 자리라는 것은 그만큼 혹독했다. 거울에 비친 내 마른 몸을 보면서 '그래, 이제 이만큼 했으면 됐다'고 생각했다. <꽃할머니>를 출간한 2010년, 베트남전에 참전했던 한국군의 잘못, 베트남 민간인들의 희생, 전쟁과 성폭력 등에 대해 쓰고 그려 보겠노라고 약속했었다. 10년이나 걸리면서, 그래도 포기하지 않고 약속을 지킨 스스로를 잘했다, 이걸로 됐다고 격려했다.

이제 제주로 가자. 아이들을 만나고 자연에서 기운을 얻자. 성산일출봉이 어떤 곳인가? 어떤 명상 수련원에는 일출봉 사진이 걸려 있지 않던가. 민박집이 일출봉 바로 아래 있으니 매일 그 기운을 받겠지. 뻥 뚫린 하늘을 올려다보며 바닷가를 걷고, 탁 트인 수평선을 건너다보며 숨을 들이쉬고, 그러다 보면 병이 낫겠지.

단정하고 구식 느낌이 나는 2층 건물이다. 20년 전에 지었다는데 50년도 넘은 집처럼 보였다. 붉은 타일 위 큰 간판에는 '민박' 글씨가 햇빛에 바래서 다 날아가 버리고 '용궁' 글자만 붙어 있었다. 마당에서 계단으로 올라가면 다시 2층 마당이 있고, 출입문을 열고 들어가면 긴 복도 오른쪽으로 방이 칸칸이 늘어서 있다. 방은 복도 쪽과 베란다 쪽으로 창문이 마주 보고 있어 바람이 잘 통했다. 여름이 되어도 코로나19 기세가 꺾이지 않았는데, 이 정도면 옆방에 다른 손님들이 드나들더라도 특별한 걱정 없이 지낼 수 있을 듯했다. 맨 끝 방으로 짐을 끌고 들어갔다. 방 안은 외부 세계와 차단된 듯 호젓했다.

    '용궁민박'으로 걸어오기까지 상점마다 어지러운 간판, 유리창에 붙인 요란한 이미지들, 어수선한 문밖 진열대, 중간중간 뚝뚝 끊긴 돌담과 돌담에 붙은 현수막들. 오랜 관광지 특유의 흔적에 머리가 어지러웠지만, 이제는 그 모든 인간 세계를 뒤로하고 갑자기 용궁으로 쑥 들어온 느낌이었다. 옛날 시골집 같기도 하고 바닷속 궁전 같기도 한 것은 베란다 창밖 적당히 시야를 가린 돌담과 그 아래 가득한 탐스러운 파란색 수국 때문일 것이다. 돌담 너머로 일출봉 가는 샛길이 호젓해 보이고, 그 위로 툭 터진 파란 하늘이 눈에 가득 들어왔다. 그리고 창문 오른쪽 모퉁이로는 일출봉과 그 언덕을 오르는 사람들이 작게 보였다. 베란다에 싱크대가 있고 창문을 바라보는 자리에 식탁이 놓여 있다. 식탁 앞에 앉으면 용궁에서 인간 세상을 엿보는 맛이 났다. 그러나 이런 건 한 달을 정붙이고 살려고 만들어 낸 내 생각일지도 모른다. 실제 사정은 좀 달랐다.

    오래 쓴 냄비와 프라이팬, 짝이 맞지 않는 사기그릇과 수저가 낡은 싱크대 아래쪽에 쌓여 있고, 식탁과 의자는 켜켜이 쌓인 먼지와 찌든 때로 얼룩져 있었다. 낡은 벽걸이 에어컨은 작동이 안 되다가 가끔 느닷없이 돌아가기도 하고, 노트북 검색창을 열기 힘들 정도로 인터넷 속도는 느려 터지고, 낡은 방충망 사이로 작은 모기가 들어와 밤이고 낮이고 내 주위를 앵앵 맴돌았다. 베란다 싱크대 아래

홈통으로 엄지만 한 바퀴벌레와 시뻘건 왕지네까지 나타나는 통에 베란다에서
방으로 연결된 문을 잠그고 자야 하니 나처럼 더위를 좋아하지 않고서는 하루도
못 견딜 곳이다. 바닷가라 습기가 많은데 비라도 내리면 옷이며 이불이며 모든
게 축축했다. 견디다 못해 민박집 할아버지에게서 전기장판을 빌려 와 이불 밑에
깔고 옷과 이불을 말려 가며 입고 덮었다. 며칠 공들여 청소하고, 모기장을 치고,
바퀴벌레약을 수챗구멍마다 뿌리고, 핸드폰 핫스팟으로 인터넷도 새로 연결했다.
그러고 나니 사람들을 피해 호젓한 풍경 앞에서 글을 쓰고, 수업 구상도 하고, 밥도
해 먹고, 뒹굴거리며 상상 놀이를 하기에 이보다 좋은 공간은 없었다.

　　밤늦게 잠을 청하던 첫날, 분명 옆방에 손님이 없었는데 어렴풋이, 드르렁 푸우
드르렁 푸우 코 고는 소리가 들렸다. 이곳에 귀신이 사나? 이 방에 묵어간다고 미리
귀신에게 재를 올리고 신고했어야 했나 싶었는데, 며칠 지나고 보니 멀리서 파도가
밀려와 해안에 부서지는 소리였다. 이렇게 하루하루 용궁 생활에 익숙해졌다.
슈퍼에서 야채를 사와 솥에 쪄서 밥을 해 먹고, 후식으로 과일을 조금씩 먹었다.
가끔 하는 외식은 전복죽이 전부였다. 속병을 다스리는 데 가장 적절한 방법이었다.
요란하게 요리를 해 먹는 것도 아니고, 관광객처럼 옷을 차려입고 나다니는
것도 아니고, 그렇게 에너지 소비와 식욕을 절제 당하면서 수도승처럼 단출한
제주살이를 시작했다.

성 산 항 갈 치 배

용궁에 짐을 풀고 다음 날 새벽 성산항 성산포수협 위판장부터 가 보았다. 다음
주 수업에 쓸 싱싱한 물고기가 필요했다. 지금 잡히는 물고기가 어떤 건지, 싱싱한
물고기를 종류별로 한두 마리씩도 살 수 있는지 등등, 미리 알아봐야 했다.
성산항에서 물고기를 구할 수 없으면 다른 방법을 찾아야 했다. 아침 5시 반에
일어나 바닷가를 따라 15분쯤 걸으니 성산항 위판장에 닿았다.

  부두는 벌써 갈치 배와 사람들로 분주했다. 배가 부두에 닿으면 선원들이
갈치 상자를 들어 올리고, 기다리던 노동자들은 그걸 받아 크기별로 갈치 상자를
구분해 차곡차곡 쌓아 놓는다. 갈치를 부려 놓은 배는 부두를 떠나고 그 자리에
다른 배가 들어오기를 반복했다. 쌓아 놓은 갈치 상자 더미로 다가가서 상자
안을 들여다보았다. 갈치가 새까만 눈을 동그랗게 뜨고 있었다. 길쭉한 아래턱이
위턱보다 조금 더 튀어나와 있다. 벌어진 입, 뾰족뾰족 나란히 박힌 이빨 사이로 '헉'
숨을 들이쉬다가 그대로 멈춘 듯했다. 입을 꼭 다문 채 아무도 상대하지 않겠다는
듯 허공을 응시하는 갈치도 있었다. 은색 빛깔이 참 곱다. 그물을 치면 비늘이
망가져 제주에서는 낚시로만 갈치를 잡는단다. 갈치 배는 저녁에 나가 새벽에
들어온다. 제주 여름 밤바다의 환한 불빛은 성수기 갈치 배들이다. 16~20개 바늘에
미끼를 매단 낚싯줄을 물속에 내렸다 걷으면 갈치가 줄줄이 끌려 나온단다.

  인터넷 영상으로 본 바닷속 갈치의 모습이 떠올랐다. 갈치가 헤엄치는 모습은

이상했다. 몸이 납작하고 기니까 장어처럼 옆으로 누워 몸을 좌우로 흔들며 헤엄칠 것 같지만 그렇지 않다. 갈치는 입이 위로 향하고 긴 몸을 수직으로 꼿꼿이 세운 채 물속을 둥둥 떠다닌다. 제법 넓고 긴 지느러미는 레이스가 바람에 흔들리듯 경쾌하게 등줄기를 타고 나부낀다. 제주 사람들 이야기로는 스킨스쿠버가 바닷속에서 갈치를 만나면 귀신 같아서 섬찟한 느낌이 든다고 한다. 긴 꼬리가 마치 물에 젖은 긴 머리채가 갈래지어 늘어진 것 같은 데다, 느릿느릿 떠다니니 그럴 만도 하다. 들여다보면서, 맛있겠다는 생각보다는 불현듯 인간 세계로 끌려 올라온 그들의 황망함에 동정이 일고 그 신비로운 자태에 경의를 표하고 싶었다.

위판장 바닥에 쪼그리고 앉아 한참 갈치를 들여다보다가 고개를 들었다. 어느새 내 옆에 새로운 갈치 상자 더미가 차곡차곡 쌓였다. 한 아주머니가 올해는 갈치 양이 많이 줄어 밤새 인건비도 나오지 않는다고 넋두리를 하신다. 이렇게 갈치가 많은데 적게 잡히는 거라니, 놀라웠다. 선주는 갈치를 얼마나 많이 잡아야 만족할까? 사실 나도 마트에서 비싼 갈치를 들었다 놓았다 하지 않고 싼값에 마음껏 사 먹을 수 있으면 좋겠다고 생각한다. 과연 우리 욕심대로 잡고 먹어도 될 만큼 바닷속에 갈치는 많이 살고 있는 걸까?

갈치 철이라 성산항에서는 다른 물고기를 볼 수 없었고, 갈치 역시 한두 마리는 살 수 없었다. 제주 시내에서 사 오는 수밖에 없다. 나는 아이들이 직접 그 촉촉한

지느러미를 펼쳐 보고, 새까만 눈동자를 들여다보고, 입을 벌려 날카로운 이빨을 만져 보고, 반짝이는 은빛 비늘을 살펴보게 하고 싶다. 갈치를 관찰하고 그림을 그리면서 아이들이 갈치를 이해하고 갈치와 소통할 수 있으면 좋겠다 싶었다.

용궁으로 돌아오는 둘레길, 수평선 위로 엷은 구름을 뚫고 아침 햇살이 비쳐 온다. 갈치 비늘의 색깔, 고운 은빛이다. 거대한 갈치의 신이 머리와 꼬리를 바닷물에 담근 채 몸 일부를 수평선 위로 내비친다. 머리는 어디쯤 있고 꼬리는 언제쯤 물 위로 올라올까? 갈치신이 우리에게 보내는 그 고운 은빛 신호는 무슨 뜻일까? 밤마다 인간이 잡아 올리는 수많은 물고기들의 영혼을 수습해 고향으로 데려가는 걸까? 성산 먼바다 깊은 곳에서 솟구쳐 올라왔을 갈치신에게 빌었다. 아득한 옛날부터 뭇 물고기의 생명을 관장해 오신 갈치신이여! 아이들이 당신을 만나려 가면 아이들의 질문에 기꺼이 답을 내려 주시고, 인간으로 하여금 끝없는 식탐을 자제할 수 있도록 해 주소서.

다음 주 수업에서는 아이들이 책상 위에 갈치를 놓고 그림을 그려야 한다. 아이들은 이제까지 별다른 생각 없이 갈치조림을 먹고 갈치구이를 먹어 왔을 거다. 어떻게 하면 그 아이들이 책상 위의 갈치를 들여다보고 만져 보면서 새삼 생명의 아름다움과 소중함을 깨달을 수 있을까? 무슨 이야기로 수업을 시작해야 할까? 이런저런 생각을 하며 용궁 문에 들어섰다.

시간의 기록

저녁 먹기 전 한두 시간 마을을 산책했다. 마음 내키는 대로 우뭇개 쪽으로, 오조리
쪽으로, 어느 날은 수마포에서 광치기해변까지 다녀왔다. 아직 성산일출봉 오르는
길은 남겨 두었다. 수업 준비 때문에 차분히 즐길 마음의 여유가 없기도 했고,
맛있는 음식을 맨 나중에 먹는 버릇 같은 것도 있었다. 우뭇개는 일출봉 매표소를
지나 왼쪽 길로 완만한 언덕을 오르다가 오른쪽 바닷가 아래로 가파른 계단을 한참
내려가면 나온다. 그 이름은 우미가 많이 나는 갯가를 뜻한다고도 하고, 우묵하게
들어가서 붙은 것이라고도 한다.* 썰물 때 우뭇개에 가면 바닷가 검은 모래 위를
걸을 수 있다.

파도가 남긴 물결선 모래 위로 작은 화산 모양의 게 구멍이 퐁퐁 뚫려 있다.
게 구멍을 따라 푹푹 힘겹게 걸어가며 내 발자국을 남겨 본다. 모래밭 끄트머리로
다가가면 모래 위에 툭툭 던져 놓은 듯한 작은 돌과 큰 바위, 그 옆에 기대어 자라는
풀과 나무들, 그리고 바위 밑 검은 모래로 내려와 뻗어 나가는 순비기나무와
땅가시나무 순을 만난다. 검은 모래 위에 다부지고 앙증맞은 연초록 작은 잎들이
바다를 향해 점점이 박혀 있다. 모래알부터 바윗덩이 하나하나, 밀려오는 바닷물과
그 안팎의 크고 작은 생명들까지, 어느 것도 스스로 그렇게 존재하는 이유를
드러내 보이지 않는 것은 없다. 각각의 사연을 보듬은 장엄한 풍광이 눈으로 훅
들어와 가슴께로 머릿속으로 번져 나가면, 아! 그림이 그리고 싶어진다. 화판 앞에

✤ 우미는 우뭇가사리를 말한다.

강봉춘 외, <성산인생>, 제주특별자치도 세계유산본부, 2021, 47쪽

앉자마자 풍광의 잔상도 감흥의 여운도 곧 희미해지고, 엄두가 나지 않아 곧 붓을 내려놓게 되지만 말이다.

　여기저기 오랜 세월 파도에 깎이고 갈려 온 바위는 검은 현무암과 색깔이 달랐다. 누런색 바윗덩이 안에 큰 돌, 작은 돌, 검은 돌, 붉은 돌이 수없이 박혀 있다. 손으로 잔돌을 잡아떼면 쉽게 떨어져 나간다. 누런 바윗덩이는 잔돌과 흙을 반죽해 뭉쳐 놓은 것처럼 푸석거렸다. 5000년 전 이곳에서 무슨 일이 일어난 걸까? 고개를 들어 바닷물에 깎여 나간 일출봉의 화산재층 침식 단면을 올려다보았다. 지층을 이루는 선들이 출렁거리며 요동친다. 일출봉은 수성화산이다. 바닷속 마그마가 분출하면서 바닷물과 뒤섞여 찰지게 반죽된 화산 폭발물이 분화구 둘레에 겹겹이 쌓이고 흐르고 무너지고 겹쳐졌다. 깎아지른 침식면에는 퇴적의 시간이 여러 겹의 선과 색으로 기록되어 있다. 폭발 당시 날아온 돌덩이와 화산재가 차곡차곡 쌓여 갈피갈피 결을 만들었다. 그리고 그 위로 5000년, 풀씨가 날아 들어 싹을 틔우고 뿌리를 내리고 잎을 덮었다. 사진은 아무리 찍어 봐도 비바람과 파도에 깎인 단면의 선과 색, 시간과 생명의 흔적을 제대로 담아내지 못했다.

　모래밭 끝 바위 뒤쪽엔 파도에 밀려온 인간의 쓰레기가 사이사이 널려 있다. 햇빛에 바래고 물살에 닳아 동글동글해진 하늘색 스티로폼이 예쁘기까지 하다. 검은 모래에 박힌 색색 플라스틱 조각은 또 얼마나 보석처럼 반짝이는지, 이 닳고

다듬어진 것들이 뭇 생명을 해치는 것만 아니라면! 유리와 플라스틱 조각을 주워
먹은 바닷새가 무거운 배 때문에 날지 못하고 해변에 쭈그리고 앉아 있는 모습, 늙은
바다거북이 폐비닐을 해파리로 알고 먹고는 죽어서 썩어 가는 모습, 이런 사진들이
떠올랐다. 저 깊은 바닷속은 또 어떨까? 인간의 무지와 탐욕에 면목이 없다. 새와
거북에게 부끄럽고, 검은 모래와 조개껍데기, 파도와 바람에게도 부끄럽다.
아이들은 이런 것을 어떻게 받아들일까? 무엇을 느끼고 무엇을 그려 낼까?

　　바위에 앉아 시시각각 변하는 수평선의 두께와 밝기, 바다색과 물결 그림자를
한참 바라보다가 우뭇개를 두고 긴 계단을 돌이켜 올라왔다. 복잡한 매표소
앞을 지나고 주차장을 가로질러 일출봉 서쪽의 수마포로 향했다. 옛날 수마포는
제주에서 키운 말을 배에 실어 육지로 내보내던 포구 중 하나였다. 성산항이 생기기
전까지는 배가 드나들던 포구였는데, 6·25 전쟁 때는 마을 사람들이 배에서 내리는
피난민들에게 찐 감자를 팔던 곳이고, 배에 실려 온 뿔이 엄청 큰 미국소를 처음 본
곳도 여기였단다.** 수마포에는 해녀들의 공동 작업장이 있다. 그 앞을 지나는데, 툭
터진 작업장 안 빨랫줄에 검은색 고무 잠수복 옆으로 알록달록 꽃무늬 속옷이 널려
있다. 그림처럼 예쁘다.

　　수마포에서 광치기해변 쪽으로 걸어가다 보면 신양리층이 나온다. 썰물 때만 볼
수 있는 넓고 평평한 퇴적암이다. 일출봉에서 깎인 화산재와 화산력***이 바닷가로

❖❖ 위의 책, 69~71쪽.
❖❖❖ 화산재보다 큰 돌.

떠내려와 쌓인 것이다. 그곳을 천천히 걸을 때 나는 마음이 평온하다. 고스란히 남겨진 층리에서 아득하게 먼 옛 시간을 짐작하기도 하고, 퇴적층에 박힌 동글고 검은 돌이 바닷물에 젖어 더 새까맣게 반짝이면 그 앞에 쪼그리고 앉아 눈인사를 나누기도 했다. 그러고 있으면 연초록 이끼를 덮어 쓰고 있는 바위, 그 위에 오그르르 달라붙은 보말들이 재잘거리는 소리도 들린다. "보말! 집을 온통 연초록 이끼로 덮었구나. 어떻게 그런 생각을 한 거니? 나도 이끼 양산을 만들어 쓰고, 너희 옆에 붙어 앉아 바닷물에 몸 담그고 햇볕을 쬐고 싶구나." 얕은 바닷물 모래 위를 기어 다니는 소라, 게, 불가사리, 물고기들을 손가락으로 건드려 본다. 수면은 파란 하늘이 비쳐서 연하늘색으로 빛난다. 수면 아래 가는 모래가 물살을 따라 잔주름을 만들고, 차가운 물이 손가락 사이를 빠져나가며 간지럽힌다. 부드럽고 시원하다. 일출봉을 건너다본다. 이곳에서 일출봉까지는 인간의 힘이 개입한 흔적이 보이지 않는다. 신양리층에서 보는 일출봉은 아주 아름답다.

소나기가 흩뿌리고 난 저녁 무렵, 이곳에서 무지개를 보았다. 또렷한 선으로 일곱 색을 갖춘 커다란 반원이 일출봉을 둥그렇고 넉넉하게 감싸고 있었다. 무지개 오른쪽 자락이 해수면 위에 색색으로 얼비쳤다. 진초록 해수면 위 투명하게 색을 펼친 무지개, 이렇게 커다랗고 온전한 무지개를 살아서는 다시 볼 수 없겠지. 내가 이 아름다운 자연의 일부라는 것이 고맙고 또 감사하다.

우리의 손님, 물고기

"깊은 바다에는 범고래가 살아요. 깊은 산에는 곰이 살고요. 곰은 친구인 사슴을 인간 세계로 내려보낸답니다. 범고래는 친구인 연어를 강 상류로 보내고요. 연어가 인간에게 잡히면 그들의 갑옷은 부서지고 외투인 비늘을 벗게 됩니다. 사슴은 털을 벗어 버리고요. 인간의 눈에 보이지 않는 영혼은 육신에서 걸어 나올 수 있답니다. 인간이 물고기를 거둬들이고 물고기는 인간의 집으로 들어가 먹히는 거예요. 기꺼이 자기 몸을 인간에게 내줍니다. 아이누족은 이런 동물이나 물고기, 식물을 손님이라고 불러요. 영혼의 손님들은 그들을 환대하는 자리에 앉아 인간이 춤추며 노래하는 것을 직접 보고 들으면서 기뻐합니다. 그들은 음악을 사랑하기 때문이지요. 사람들은 손님에게 노래를 불러 주고 그들의 살을 먹습니다. 즐겁게 방문을 마친 손님들은 깊은 바다와 깊은 산으로 돌아가 이야기합니다. 인간들과 참 즐거운 시간을 가졌다고요. 그 말을 들은 친구들도 다음번에는 인간을 방문하러 가겠다고 나섭니다. 음악과 예절을 갖춘 환대를 소홀히 하지 않는다면 그들은 몇 번이고 거듭해서 다시 태어나고 또 우리에게 올 것입니다."⁺

수업을 어떻게 시작할까 고민하다 아이누족 이야기에서 실마리를 얻었다.

"지금 여러분 책상 위에는 어제 잡힌 물고기가 놓여 있어요. 인간 세상에 기꺼이 자신의 몸을 허락한 손님이에요. 우리는 오늘 노래 대신 그림으로 이 손님을 환대할 겁니다. 바다 세계에서 온 이 물고기들을 잘 관찰해 보세요. 비늘은

❖ 게리 스나이더(이상화 옮김), <야생의 실천>, 문학동네, 2015, 176쪽.

어떻게 생겼고, 햇빛에 무슨 색으로 빛나는지, 지느러미를 펼쳐서 바닷속에 있었을 때를 상상해 보세요. 눈동자는 아직 영혼을 담고 있어 보이죠. 물고기는 분명 여러분에게 전하고 싶은 이야기가 있을 거예요. 그들이 다시 바다의 세계로 돌아가 성산초등학교 어린이들의 이야기를 잘 전할 수 있도록 환대하는 마음을 담아 물고기의 초상을 그려 주세요."

인간이 잡아 온 죽은 물고기를 책상 위에 올려놓고 생명의 소중함, 생명이 갖는 아름다움을 이야기하는 것은 사실 모순되는 면이 있다. 물고기를 맛있게 먹을 때도 경험하는 불편함이다. 우리는 다른 생명을 먹고 살 수밖에 없지만, 옛날에 물고기를 잡고 소비했던 방식은 지금과 많이 달랐다. 오늘날엔 생명을 넘치도록 많이 잡아서 가공해 팔기도 하고, 유통기한을 넘기거나 먹다 남겨 쓰레기통에 버리는 일이 자주 일어난다. 아마 이런 건 다른 생명에 대해 저지르는, 인간만의 파괴적인 행동일 것이다. 물고기와 인간이 앞으로도 오래 공존하려면 생명에 대한 존중과 감사의 마음을 갖는 것이 무엇보다 필요하다.

이야기를 끝내자 그림책 활동가 박소현 선생님이 제주시수협어시장에서 새벽에 사 온 물고기를 상자에서 꺼냈다. 축축한 물기로 책상이 젖지 않고 물고기 색도 잘 보이도록, 먼저 흰색 종이 호일을 깔고 그 위에 죽은 물고기를 올려놓았다. 갈치 두 마리, 자리돔 세 마리, 참돔 두 마리, 우럭 두 마리. 아이들은 두 명씩 조를 이루어 물고기를 관찰했다. 처음에는 물고기에 놀라 술렁거렸지만, 이내 앞에 놓인 물고기를 찬찬히 들여다보았다. 몇 명은 물고기 냄새에 힘들어하기도 했다. 만져 봐도 된다는 내 말에 아이들은 지느러미를 잡아당겨 활짝 펴 보고, 입을 벌려 이빨을 살펴보고, 머리를 숙여 물고기와 눈을 맞추어 보았다.

"각자 보이는 대로, 느끼는 대로 그리세요. 비늘을 보면 무슨 색이 보여요? 검은빛으로만 알던 자리돔도 자세히 보면 검은빛 안에 다른 많은 빛을 품고 있어요."

자리돔의 비늘을 잘 그린 어린이는 박소이다. 얼마나 정성스럽게 하나하나를 잘 그려 냈는지 빛나는 보석처럼 비늘이 살아서 반짝였다. 나는 아이들이 그림 그리는 과정을 소리 없이 하나하나 눈여겨보며 책상 사이로 교실을 한 바퀴 돌았다. 그리고 다시 한 바퀴 돌 때는 아이들 화판을 바라보고 감탄하며 잘 그리네, 그렇게 그리면 된다고 칭찬을 아끼지 않았다. 은빛 갈치, 분홍색 참돔, 빨간 우럭이 하얀 화판 위 아이들 붓끝에서 다시 살아나고 있었다. 놀라움에 덩달아 흥분하여 머리가 어지럽고 속이 울렁거릴 지경이었다. 아이들은 물고기가 전하는 이야기를 들었고, 물고기와 이야기를 나누었으며, 그동안 물고기에 무심했던 자신을 반성했다. 그림을 마음으로 그린다는 것이 이런 거구나, 진정 물고기를 환대하는 마음이 이런 아름다운 초상을 만들어 내는구나! 아이들에게 고마웠다.

나는 칠판에 두 가지 질문을 적었다. '첫째, 물고기를 그리면서 들었던 생각은 무엇인가요? 둘째, 물고기가 내게 전하는 이야기는 무엇인가요?' 그리기를 끝낸 아이들은 글을 쓰기 시작했다. 첫 번째 질문을 보고 아이들이 쓴 글은 이렇다.

"네 눈을 자세히 보고 있어. 지느러미는 파란색으로 그려 줄게. 나는 자리돔을 완벽하게 그릴 수 있을 때까지 노력했어요."

"갈치조림 해 먹고 싶게 생겼지만 죽은 걸 보니 안쓰러웠어요."

"자신을 먹게 해 준 갈치들이 아플 것 같아 미안하고 고마웠어요."

"갈치가 멋진 몸 색깔을 가지고 있는 것도 고마웠어요. 제가 잘 그릴 수 있잖아요."

"나는 커다란 눈, 무엇이든 삼킬 수 있는 커다란 입도 그려 주었어요. 그리기 힘들었지만, 비늘도 다양하게 많이 그려 주었어요."

"너의 친구들을 아무 생각 없이 먹어서 미안해. 나도 어쩔 수 없이 너희를 먹지만, 먹을 때마다 감사한 마음으로 너희를 생각할게. 음식이 아니라 친구로 만나자."

"나는 물고기에게 해 주는 게 없는데 물고기는 우리에게 목숨을 내주니 소중했어요."

두 번째 질문에는 이런 답을 적었다.

"맛있게 먹는 건 좋은데 너무 많이 잡지는 말아 줘."

"우리를 먹을 땐 고마운 생각을 하면 좋겠어. 네가 날 먹고 씩씩하게 컸으면 좋겠어."

"나에게 맞는 색깔을 찾아줘서 고마워! 먹어서 미안하다는 말을 해 줘서 정말 고마워!"

"나는 비록 죽었지만, 그림으로라도 나를 살아 있게 해 줘서 고마워!"

"너희에게 내 몸을 주는 거니까 잘 먹어야 해, 알았지?"

그리고 덧붙이는 말들이 있었다.

"바다에 쓰레기가 많아서 힘들어."

"우리가 먹은 쓰레기가 배에 남아 있어서 우리 몸이 썩어 간 거야."

"바다를 오염시키지 마."

이와 비슷한 말들은 첫 번째 수업 '바다가 품은 색깔 그리기'를 진행할 때도 나왔다. 바다가 우리에게 하는 말을 적어 보자고 했는데, 아이들의 답변은 대부분 '쓰레기를 버리지 말자'는 내용이었다. 나는 아이들의 글을 보고 많이 놀랐다. 자신의 느낌이나 감정, 사례는 없고 구호만 있었다. 이 수업에서는 앞으로 무엇을 더 강조해야 할까, 고민스러웠다. '쓰레기' 구호를 이야기하기 전에 무엇보다 자연의 아름다움을 직접 느끼고 자연과 공존하려는 마음을 찾아가는 것이 중요할 텐데, 이 간극을 어떻게 채울 수 있을까? 수업 준비가 점점 어려워질 것 같았다.

바다, 인간의 고향

성산초등학교 교문을 나서면 바로 앞에 바다가 보인다. 바다와 물고기를 소재로 한 어린이 그림책 구상은 당연히 성산마을의 지리적 환경과 관련이 있다. 성산마을은 바다로 둘러싸인 곳이다. 조상 대대로 해녀로, 어부로 삶을 이어 왔고, 그 문화가 아이들에게로 이어졌다. 해녀들이 수마포 공동 작업장에 모여 함께 성게를 까고 있는 풍경, 수조가 늘어선 횟집 거리의 풍경은 외지인인 나에게는 낯설지만, 이곳 아이들에게는 익숙한 일상이다. 성산 바닷가에서는 해녀가 자기 몸집보다 큰 감태를 한 뭉치 어깨에 메고 가는 것을 종종 본다. 뒤에서 보면, 암갈색 감태 잎을 갈래갈래 굽슬굽슬 늘어뜨려 출렁출렁하는 모습이 마치 감태 뭉치가 두 다리로 걸어가는 것 같다. 그것은 바다 세계에서 올라온 하나의 낯선 생명체다.

　예로부터 사람들은 만물에, 예를 들면 오래된 나무나 커다란 바닷물고기, 돌이나 새, 돌풍이나 거센 파도, 동트는 하늘이나 드넓은 대지 같은 것들에 영혼이 깃들어 있다고 생각하였다. 자연물에 깃든 생명의 목소리에 귀 기울이고 그것이 나에게 전하고 싶은 이야기가 무엇일까 아이들과 상상해 보고 싶었다. 성산 자연환경 속에 사는 아이들이라면 자연이 보내는 그 신호를 알고 있을지 모른다. 매일 학교를 오가며 마주하는 바다, 그 바다가 어떤 곳인지, 바다의 생명은 어떻게 살고 있는지, 나와 바다는 지금 어떤 관계이고, 앞으로는 어떤 관계가 돼야 하는지… 깊은 바다에 사는 신을 빌려 와 이런 질문을 담아내는 것으로 그림책 수업안을 짰다.

"우리는 바다에서 왔어요. 바다는 생명을 길러 내는 곳입니다. 우리의 고향이에요. 오늘은 나의 단짝, 물고기 친구를 그릴 거예요. 다음 시간에는 이 물고기 친구와 함께 깊은 바닷속으로 여행을 갈 거고요. 물고기 친구는 지난 시간 그렸던 물고기의 실제 모습을 참고하여 눈, 입, 지느러미, 아가미 등의 위치와 개수, 모양과 색깔을 자유롭게 바꾸어 그립니다. 상상해서 그리는 거예요. 물고기 친구의 이름은 무엇인지, 어디서 만났는지, 어떻게 친구가 되었는지, 무엇을 좋아하는지, 친구와 무엇을 하고 싶은지 등을 생각하며 물고기 친구를 만들어 보세요."

아이들은 물고기 친구에게 걸어 다닐 수 있는 발을 그려 주었다. 그림 그리기를 시작하기 전에 보여 주었던 화석 이미지나 그것을 토대로 만든 물고기 형상에서 영향을 받았을 것이다. 4억 년 전, 처음 바닷속 물고기가 육지로 올라온 이야기, 바닷물의 칼슘을 등뼈에 저장하여 몸 안에 바다를 만들어 낸 인류의 조상들 이야기도 들려주었다. 새롭고 다양하게 상상할 수 있도록 주제와 관련한 이야기나 시각자료를 보여 주면 아이들은 그것을 응용하여 각자 새로운 이미지를 만들어 낸다. 이를 통해 나도 그릴 수 있다는 자신감이 생기고, 붓을 들어 화면에 첫 획을 긋는 용기가 생긴다. 화면과 소통하며 자신도 예상하지 못했던 새로운 이야기, 진전된 이미지를 만들어 가는 신기한 경험을 하게 된다. 이것이 그림의 재미에 빠져들고 독창성을 만들어 가는 길이다.

이번 그림책은 커다란 바다의 신을 그림으로 담기에 책의 형태도 달라야 했다. 책은 긴 두루마리를 안으로 말아 접은 형식으로 설계했다. 표지를 열고 한 장 한 장 펴 나가면 바다의 신이 드러나는 긴 그림책이 되는 것이다. 자신의 물고기 친구와 함께 깊은 바닷속에 들어가 바다의 신을 만나고 신이 전하는 메시지를 가져오는 구성이다. 그림책의 큰 구성은 같지만 등장하는 신, 물고기 친구, 구체적인 상황은 서로 다르게, 각자의 이야기로 엮어 그림책을 만드는 것이다.

아이들은 무엇에서 자기 이야기를 가져올까? 바닷가를 뛰놀고 일출봉을 오르내리며 놀까? 학교가 끝나면 밖에서 어떤 일상을 보낼까? 어느 날 수업을 마치고 담임 선생님을 만나 질문했다. 기대와는 달리, 아이들은 주로 집에서 컴퓨터나 스마트폰 게임을 하면서 시간을 보낸단다. 이야기를 자연과 연결시키려면 함께 체험하는 것이 좋을 것 같았다. 나와 같이 걱정을 나눈 담임 선생님께서는 물때에 맞추어 아이들과 함께하는 수마포 조수웅덩이 답사 계획을 세워 주셨다. 답사 프로그램은 안전 문제 때문에 학교가 별도로 신경을 써야 하는 것이라서 포기하고 있었는데, 선생님의 뜻밖의 결정이 아주 반갑고 고마웠다. 나의 수업을 열성적으로 지지해 주신 교장 선생님의 뜻도 큰 몫을 했을 것이다.

수마포의 조수웅덩이는 다양한 바다 생명을 관찰하기 좋은 곳이다.

조수웅덩이는 밀물 때는 물에 잠겼다가 썰물 때 드러나는, 바위나 개펄에 바닷물이
고인 곳을 말한다. 바다와 육지가 어우러지는 곳이라서 생명 종의 다양성이 매우
높다.✤ 바닷가에서 울퉁불퉁한 현무암을 밟아 보고 웅덩이 안의 바위를 들춰
가며 생명체를 관찰하는 일은 내가 원했던 것이었다. 나는 배정된 두 시간 동안
진행할 수 있는 관찰·채집 놀이를 담임 선생님에게 제안했다. 조수웅덩이에 어떤
생명체들이 살고 있는지 관찰하도록 가장 많은 종을 채집한 조, 크기가 가장 큰
생명체를 채집한 조, 가장 작은 생명체를 채집한 조에 상품을 주기로 했다. 수업
진행을 도와주시는 그림책 활동가 선생님들이 2리터 투명 페트병의 한 면을 잘라
채집통을 만들어 주셨다. 어린이 18명, 교장 선생님과 5, 6학년 담임 선생님, 활동가
선생님들과 함께 학교를 나와 15분 정도 걸어서 수마포에 도착했다.

　　우리는 조를 나누어 바닷물이 고인 웅덩이에 코를 박고 바위를 들치며
움직이는 것들을 눈으로 쫓아갔다. 여기저기서 환호가 터질 때마다 무엇을
발견했나 몰려가 구경했다. 게, 성게, 군부, 낙지처럼 생긴 불가사리, 지렁이처럼
흐물거리면서 뭉뚝한 것, 이름을 알 수 없는 신기한 생명체가 많았다. 나도 한 조에
섞여 아이들과 소리 지르며 실컷 웃었다. 우리 조는 0.3밀리미터도 안 되는 작은
새우를 잡아서 이긴 조에 들어갈 수 있었다. 관찰 활동이 다 끝난 뒤, 채집한 것을
다시 바다에 놓아 주고 아이들에게 20분 정도 자유시간을 주었다.

❖ 임형묵 감독, <조수웅덩이: 바다의 시작>, 다큐멘터리, 2019.

서로 물을 뿌리더니 몇몇 아이들이 조금 깊은 웅덩이에 몸을 담갔다. 물속에서 숨 오래 참기 시합을 했다. 바다에서 육지로 올라온 물고기 후손인지 시험해 보기라도 하는 것 같았다. 물 위로 한 아이 등짝이 둥둥 떠올랐다. 딱 달라붙은 티셔츠 위로 등뼈가 골골이 드러났다. 이내 아이는 부드럽게 몸을 굴려 얼굴과 배를 하늘로 향했다. 어? 늘 얼굴을 가리고 있던 마스크가 없었다. 어머나, 네 얼굴이 이렇게 생겼구나! 환하게 웃는 아이 얼굴을 온전히 보았다.

바다를 등뼈에 담은 신인류, 호모 사피엔스 사피엔스! 멋지다.

천국으로 올라가는 길

해가 뜰 즈음이면 눈이 떠진다. 오늘 하늘은 어떤 색일까? 구름은 무슨 빛으로 물들었을까? 해를 볼 수 있을까? 침대에서 내려와 모기장 지퍼를 내리면서부터 가슴이 설레었다. 성큼성큼 세 발짝을 걸어 베란다로 나가는 문을 열었다. 때론 돌담 너머 하늘이 온통 분홍색이었다. 구름이 잔뜩 끼어 하늘이 회색이면 다시 모기장 안으로 들어갔다. 비 내린 다음 날이면 구름이 색색으로 물들어 아주 볼만하다. 부리나케 옷을 입고 해 뜨는 것을 보러 나간다. 용궁에서 우뭇개동산까지 걸어서 5분이다. 새벽에는 제법 쌀쌀해서 점퍼를 챙겨 입고 마스크를 쓰고 나선다. 오메기떡 가게는 벌써 문을 열었고 떡 만드는 기계도 돌아간다. 구수한 팥 냄새가 좋다. 기념품 상점은 물건들을 진열대에 내놓느라 분주하다. 사람들이 하나둘, 해를 맞으러 일출봉 매표소 길을 올라간다. 우뭇개동산 바닷가 난간 앞에 서서 동쪽 바다를 바라본다.

   머리 위 구름이 층층이 수평선을 향해 펼쳐 있다. 발아래 분홍빛 바다 잔물결이 가는 주름을 잡아 가며 수평선 쪽으로 멀어진다. 구름과 바다 물결이 만나는 저 끝 수평선 위로 동이 튼다. 벌어진 구름 사이로 빨간 금빛 해가 살짝 모습을 보인다. 해가 내쏘는 광선이 얇은 구름을 뚫고 나에게 온다. 노랑으로, 분홍으로, 연보라로, 주황으로 퍼지면서 내 가슴에 닿는다. 구름층 뒤에서 해가 떠오르는 날은 더 장관이다. 햇살을 등진 뭉게구름이 자기 그림자를 머금은 채 푸른 잿빛으로 둥실 떠

✧ 고려 후기 삼별초 항쟁을 이끈 장수. 진도의 삼별초가
여몽연합군에 의해 공격을 당하자 남은 무리를 이끌고
탐라(제주도)로 들어가 성곽을 쌓고 항거하다 패배했다.
김통정은 제주에서 신화 속 인물로 남아 있다.

있고, 금빛 해 앞 얇은 커튼의 미색 구름이 수평선 가까이 길게 드리우고, 그 뒤로 흰
구름이 내 머리 위까지 점점이 징검다리를 놓는다. 단 하루도 해는 그냥 뜨는 일이
없다. 매일 아침 수평선 위아래로 그림을 가득 그린다. 이윽고 해가 다 떠오르고
사방이 환해지면서 하늘빛도 밋밋해진다.

　　용궁에 묵은 지 보름이 다 되어 갈 즈음, 조금 한가한 날 일출봉에 올랐다. 오후
5시쯤, 일출봉 매표소에서 표를 사고 검표소를 통과하니 호젓했다. 저녁 7시가 퇴장
시간이니 두 시간 여유가 있었다. 올라가는 길과 내려오는 길이 다른 데다 평일
저녁나절이라 사람이 많지 않았다. 저녁나절이라 해도 여름 햇살이 아직 강하게
남아 있는데, 그나마 바람이 살살 불어 덥지는 않았다. 빛과 그늘이 돌과 나무,
풀 포기 포기마다 짝으로 들어앉아 형태와 색을 빚어내는데, 그래서인가 자연은
전체가 화사하다. 모든 생명은 몸을 내밀어 해를 배웅하며 오늘을 만끽하고 있었다.
20분이면 오른다는 길을, 바람결을 음미하며 야금야금 아껴 가며 올랐다. 등경돌을
휘감고 올라간 겹겹의 넝쿨에 작은 잎이 줄줄이 매달려 있다. 마치 등경돌이 긴
구슬 목걸이를 겹겹이 몸에 두르고 우뚝 선 채 먼바다를 바라보는 듯했다. 바위에
바람이 스치자 작은 잎들에 잔물결이 일었다. 바위에 푹푹 패인 몇 개의 발자국은
고려시대 김통정 장군✧의 것이란다. 저 가파른 곳에 뛰어올라 발자국을 남겼다면
그는 중력을 거스른 것이리라. 어쨌건 나도 치맛자락 휘날리며 그 발자국 따라 밟고

올라가 저 바위에 우뚝 서 보고 싶었다.

　한 계단 한 계단 오를 때마다 눈앞 풍경이 새롭게 다가왔다. 가파른 마지막 몇 계단을 올라서자 눈 아래 올리브그린빛 커다란 원이 중심을 향해 완만하게 펼쳐졌다. 분화구다. 아흔아홉 개 봉우리가 분화구 가장자리에 원을 이루며 둘러서 있다. 관람 데크에 앉아 봉우리와 하늘이 맞닿아 만들어 낸 경계선을 따라 천천히 시선을 옮겨 보았다. 평안하다. 하늘에서 어린 선녀가 내려왔다면 백록담이 아니라 이곳 아니었을까? 분화구 위 하늘에 수평선이 하얗게 부풀어 있고 그 위에 작고 흰 구름이 떠다녔다. 봉우리 경계선을 따라 사뿐사뿐 걸어 흰 구름 타고 하늘로 올라가고 싶었다. 신비롭게도 분화구 안의 초록은 검은빛과 흰빛을 품어서 그런지 이 세상이 아닌 듯 보였다. 내 생을 다하고 이렇게 아름다운 곳에서 세상과 작별하고 사뿐히 하늘로 올라갈 수 있다면. 착하게 살면 그 소원이 이루어지려나.

　폐장 시간 안내방송이 나왔다. 내려오는 길 꺾어지는 계단에서 한숨 돌리니, 저 멀리 사람 살이가 내려다보였다. 일출봉 끝자락에 건물과 도로가 빼곡히 들어앉았고, 왼편 바닷가로는 수마포와 신양리층, 광치기 해변이 이어져 있다. 신양리층이 물에 완전히 잠기지 않은 걸 보니 아직 썰물 때인가 보다. 정면으로 멀리 오조리 포구가 있고, 식산봉도 보인다. 오조리 포구 앞의 갯벌 이름이 통밧알이다. '물통이 있는 밭 아래쪽'을 뜻한다는데 이름이 재미있다. 지금은 갑문이 바닷물을 막고 있지만, 예전에는 들고나는 바닷물을 따라 엄청 많은 멜✧✧이 통밧알로 밀려들었단다. 그리고 보리가 익어 갈 무렵이면 조갯살도 실해지고, 사람들은 거기서 지금은 볼 수 없는 대칼✧✧✧, 약조개, 보라색 말똥조개를 잡았단다.

　해가 뉘엿뉘엇 기운다. 통밭알에서 오조리 포구를 돌아 터진목으로 돌아오던 서쪽 산책길이 보였다. 갇힌 바닷물이 호수처럼 잔잔했다. 분홍빛이다. 석양에 물든 수면 위로 은빛 잔물결이 반짝거렸다. 아침에 떠오르는 해처럼 저녁에 지는 해도 매일 특별하지 않은 날이 없다. 시시각각 색조를 바꿔 가며 우리 시야를 황홀하게 한다. 벼르고 아껴 두었던 발걸음이라서 더 그런 걸까? 감사하게도 자연은 오늘 한꺼번에 많은 것을 내게 보여 주었다. 내일 다시 아이들 앞에 설 일을 생각하며 용궁으로 향했다.

아이들이 가져온 신의 메시지

2019년 9월 23일, 뉴욕의 유엔본부에서 각국 정상과 산업관계자들이 참석한 '유엔 기후행동 정상회의'가 열렸다. 스웨덴 환경운동가 그레타 툰베리도 연설을 하였다. 그의 연설문을 출력하여 아이들에게 한 장씩 나누어 주었다.

"모르는 말은 질문하세요. 그리고 가장 공감이 가는 문장 세 개를 골라서 밑줄을 그어 주세요."

아이들은 마치 시험 문제를 풀 듯 연설문에 열심히 밑줄을 긋고 모르는 단어에 동그라미를 쳤다. '티핑 포인트', '피드백 루프', 'IPCC', '탄소 예산'이었다. 그림책 활동가 이윤영 선생님이 인터넷에서 찾아 가며 설명해 주셨다. 아이들이 가장 많이 공감하고 밑줄을 그은 첫 번째 문장은 "생태계 전체가 무너져 내리고 있습니다. 우리는 대멸종이 시작되는 지점에 있습니다"였고, 두 번째 문장은 "전 세계가 깨어나고 있습니다. 여러분이 좋아하든 안 하든 변화는 다가오고 있습니다." 세 번째 문장은 "만약 정말로 지금 상황을 이해하는데도 행동하지 않고 있는 거라면 여러분은 악마나 다름없을 것이기 때문입니다"였다. 아이들이 느끼는 위기감과 어른들에게 바라는 것, 그리고 그들의 기대와 희망을 짐작할 수 있었다.

수업 첫 시간부터 "바다가 우리에게 하는 이야기는 무엇일까요?"라는 질문에 아이들은 "쓰레기를 버리지 말자"라는 구호로 답했다. 교장 선생님은 아마 환경 교육 특강을 들으면서 아이들 생각이 만들어졌을 거라고 짐작하셨다. 이후

❖ 조천호, '회복 불가능한 위험 기후 위기, 거대한
가속에서 담대한 전환으로', 대산문화재단, 2020.12.18.
youtu.be/4Uehv9Wfwok
❖❖ Tipping Point: 급변점, 임계점. 지구의 연평균 온도가
산업화 이전에 비해 1.5℃ 오르면 기상 이변이 폭발적으로
늘어나 되돌릴 수 없게 되는데, 바로 그지점을 이르는 말.

수업에서 '바다'라는 말 대신 '물고기'를 넣어도, '조수웅덩이에 사는 생명들'을
넣어도 결론은 매번 '쓰레기'로 귀결되었다. '쓰레기'가 '플라스틱'이나 '어망',
'비닐' 같은 것으로 구체화되지도 않았다. 그림을 그리면서 생명의 아름다움을
강조했지만, 그것도 문장으로 표현되지는 않았다. 그림으로는 넘칠 만큼 많이
표현했지만 말이다. 아이들이 환경 문제를 표현할 적절한 단어를 못 찾고 있는 것이
아닐까? 아이들에게는 바다 환경 문제가 구호처럼 이미 익숙해진 상태인데 내가
오히려 생각을 복잡하게 하는 것은 아닌가? 이리저리 곱씹어 보았다. 쓰레기 문제를
더 깊이 들여다보기 위해서라도 기후 위기, 바다 환경 문제를 공부해야 했다. 저녁
산책 시간을 제외하고 대부분의 시간을 자료를 찾고 수업을 준비하며 보냈다.

　유튜브에 올라온 조천호 교수의 강의❖를 보았다. 처음에는 지금 같은 탄소
배출 추세가 지속된다면 머지않아 인간이 멸종할 것이라는 말을 의심했다. 그러나
관련 자료를 찾아보면서 사태가 심각하다는 점을 점차 받아들여 갔다. 오래
전부터 방송과 신문에서 과학자들의 예측이나 탐사에 관한 보도를 해 왔고, 이미
나라별로 에너지 정책을 변경하는 등 기후 위기에 대한 실질적인 대응에 나서고
있다. 폭염과 한파 등 이상 기후를 경험하면서도 그것이 위기의 징조임을 깊이
실감하지 못하고 있었나 보다. 티핑 포인트❖❖에 관한 주장은 느슨한 내 마음을 잔뜩
긴장시켰다. 기후 위기는 천천히 해결해도 되겠지 하던 마음이 다급해졌다. 이어서

◆◆◆ 알리 타브리지 감독, <SEASPIRACY>, 다큐멘터리, 넷플릭스, 2021.
◆◆◆◆ 제임스 리드, 피파 에리치 감독, <MY OCTOPUS TEACHER>, 다큐멘터리, 넷플릭스, 2020.

바다 관련 다큐멘터리 영상을 찾아보았다. <씨스피라시>◆◆◆는 수산업이 거대 자본과 결합해 세계 곳곳에서 바다의 생명을 위협하고 있는 현장을 고발한다. 현재 해양보호구역이 전체 해양의 5퍼센트로 지정되어 있지만, 불법 어로 때문에 실제로 보호를 받는 해양 면적은 1퍼센트 미만에 그친다고 한다. 바다 생태계가 유지되려면 보호 면적이 30퍼센트가 되어야 한다고 말한다. 결국 인간의 탐욕으로 다른 생명들은 멸종을 면하기 어려울 것이다. <나의 문어 선생님>◆◆◆◆은 인간과 문어가 소통하는 과정을 감동적으로 담아낸 다큐멘터리다. 바닷속 아름다운 풍경과 서로를 향한 애정 가득한 시선은 바다 생태에 대한 관심과 존중의 정신을 일깨워 준다.

오후에 컴퓨터를 끄고 산책을 나갔다. 이런저런 생각을 하며 걷다가 문득 눈길을 주면 이전에 보이지 않던 것들이 눈에 들어오곤 한다. 통밧알에 갔을 때였다. 바위에 초록 이끼가 가득하길래 색깔이 참 곱다며 밟고 지나가는데 발밑에서 이상한 소리가 났다. 멈춰서 보니 작은 고둥 껍데기가 밟혀 부서지는 소리였다. 이끼 위에 죽은 고둥 껍데기가 가득 널려 있었다. 이 많은 고둥이 왜 이렇게 죽어서 말라 있을까? 그 소리가 얼마나 소름 끼치던지 곧바로 찻길로 나와 버렸다.

통밧알을 지나 오조리 포구 쪽으로 산책 갔을 때도 뭔가 이상했다. 썰물 시간, 물먹은 새까만 현무암이 허연색 얇은 천을 뒤집어쓰고 있었다. 어떤 바위에는 허연 붕대가 척척 늘어진 채 감겨 있고, 여기저기 움푹 파인 곳에는 둘둘 말린 붕대 더미가 처박혀 있었다. 허연 붕대는 여기저기 나뒹굴어 물 빠진 개펄에도 겹겹이 들러붙어 있었다. 저 허연 것이 무엇일까? 사방은 고요한데, 무언가 죽음의 냄새가 났다. 마을 안으로 들어가니 바닷물을 가둔 둑 멀리까지 그 허연 것이 널려 있어, 마을 전체가 마치 상복을 입은 것 같았다. 산책하다 말고 길가에 서서 인터넷을 뒤졌다. 녹조류인 구멍갈파래가 죽으면 그렇게 허옇게 된단다. 고인 물에는 질릴 만큼 새파랗게 번식한 구멍갈파래가 무섭게 뒤덮고 있었다. 오염물질이 흘러들어 온 걸까? 이상하게 한 종의 녹조류가 증식하여 물을 덮어 버리고 죽고 썩어 갔다. 흰 두루미 한 마리가 물속을 살살 걷고 있었는데, 물속에 아직 살아 있는 물고기가 있긴 한 건가? 그래도 길가에는 우거진 수풀 사이로 한 무더기 주홍색 참나리가 꽃잎을 뒤로 말아 재낄 듯 활짝 피었고, 제주 자생식물이라는 황근도 군데군데 노란 꽃이 화사했다. 꽃을 보며 놀란 마음을 위로했지만, 산책길에서 나는 마을 사람 누구도 만나지 못했다.

아이들은 자연의 위기를 어떻게 느낄까? 바닷물이 아프다고 신음하는 소리를, 갯벌의 짙어지는 병색을 그들은 느끼고 있을까? 그들은 어른들이 무시하고 지나치는 작은 것들에도 곧잘 애정 어린 시선을 보내곤 하지 않나? 어린이는 어른들이 만들어 놓은 이해관계의 단단한 틀에 균열을 낼 수 있는 존재다. 그들은 아직 기존의 사회구조에 긴밀히 결합하지 않았고, 그들의 심성은 좀 더 원초적 본성에 가까이 있다. 아이들의 목소리는 최소한 기성의 제도나 관행을 반성하는 거울로써 충분한 의미를 갖는다.

기후 위기는 이미 아이들 자신의 문제로 다가와 있다. 기후와 환경 관련 자료를 찾아보면서 충격과 절망에 휩싸였을 때, 나는 이 사실을 아이들에게 낱낱이 말해 주어야 하나 주저했다. 어른들의 문제를 아이들에게 전가하는 일은 아닌가? 결국 아이들에게 상투적인 구호 하나를 더 주입시키는 일에 불과하지 않을까? 그래도 나는 아이들의 시선이 어른보다 더 직관과 본질에 가깝다는 점을 믿었다. 아이들은 정말 잘 해냈다. 그림 그리기 수업이 거의 끝나갈 즈음, '바다의 신이 전하는 이야기'에 자신의 생각을 이렇게 담았다.

"바다의 신이 말했어요. 네가 올 걸 예상했지만 이렇게 빨리 올 줄이야! 인간이 우리 식구들 죽이는 걸 알고 있을 텐데. 인간과 우리는 적이다. 인간을 감히 바다의 세계로 데려와?"

"바다의 신은 내가 어떤 사람인지 알까? 나는 바다의 신에게 뭘까? 인간들이 모두 나쁜 건 아닌데."

"바다의 신, 슈나의 외침에 나는 물고기가 되었어요. 바닷속은 더러워서 숨쉬기도 어려웠어요. 다시 인간으로 돌아가면 깨끗이 치우고 싶어요. 그런데 나는 인간으로 돌아갈 수 있을까요?"

"우리 물고기 가족을 데려가면 너희 인간을 데려오리라! 나는 정신이 퍼뜩 들었어요."

나는 아이들의 그림책을 가로로 긴 종이를 일곱 번 접는 것으로 구상했다. 아이들은 4절 도화지 세 장을 옆으로 나란히 붙여 가로 1635밀리미터, 세로 394밀리미터 크기 종이에 그림을 그렸다. 3회 수업 내용을 한 장의 긴 그림에 담도록 했다. 먼저 길고 커다란 바다의 신을 그리고, 그 주변으로 바다의 위기, 인간의 잘못, 자신의 다짐, 신과의 약속, 내가 꿈꾸는 바다, 신이 전하는 메시지 등을 배치했다. 모두 그렇게 길고 큰 그림은 처음 그려 보았을 것이다. 18명 그림을 하나하나 살펴보며 격려도 하고 조언도 하고 소감도 얘기하다 보면 수업 시간이 너무 짧았다. 처음에는 큰 붓을 들고 주저주저했지만, 첫 붓질을 해낸 뒤 의외의 형태와 색감에 들뜨고, 자신의 이야기를 정성껏 담으려고 애썼다.

1학기 수업이 끝날 즈음엔 아이들 목소리도 달라졌다. 뿌듯함과 친근함이 배어 나온다.

"자, 이제 우리 수업을 모두 마칩니다. 오늘은 누가 인사를 할까요?"

강소윤이 재빨리 손을 들었다. 곧이어 그 뒤에 남자아이 두 명도 손을 들었다.

"강소윤이 먼저 손을 들었네, 소윤이가 해 보자!"

소윤이가 일어서자 뒤에 남자아이들도 함께 일어섰다. 자기들도 같이 하고 싶었던 듯했다. 소윤이는 뒤를 돌아보며 앉으라고 주의를 주고는 자신이 독차지한 인사 시간에 애정과 감사를 담아 흥분한 목소리로 크고 당당하게 구령을 붙였다.

"감사합니다!"

힘차게 답하는 아이들의 목소리가 교실에 크게 울려 퍼졌다. 나도 고개 숙여 인사하고 박수를 치는데 가슴이 먹먹했다.

사랑스러운 피카이아들! 아이들이 그려낸 생명의 아름다움과 자연을 존중하는 그들의 마음이 널리 퍼져나가길!

후기　어린이와 자연

"이제 6학년은 학교를 졸업하고 중학생이 될 거예요. 각자의 길을 가겠지요. 중학생이 되어 힘든 일이 생기면 이 그림책을 봐요. 어머님들도 아이들을 탓하고 싶은 마음이 생기면 이 그림책을 보세요. 저도 여러분이 보고 싶으면 그림책을 볼게요."

2019년 선인분교 마지막 수업 발표회 날, 나는 그렇게 소감을 말했다. 그리고 고등학교를 졸업할 즈음 다시 만나기로 아이들과 약속했다. 우리는 모두 그림책이라는 커다란 선물을 가슴에 안은 채 각자의 일상으로 돌아왔다.

그런데 뜻하지 않게, 아이들이 고등학생이 되기도 전에 만날 일이 생겼다. 성산초등학교 수업을 마칠 즈음, 이 책의 출판 계획이 구체화되면서 아이들에게 계획을 알리고 그림 사용 허락을 받아야 했다. 성산초등학교 아이들의 경우는 수업 시간이 남아 있으니 괜찮지만, 선인분교 학생들은 약속을 정해 따로 만나야 했다. 아이들은 중학생이 되어 학교가 서로 다르고, 육지로 이사한 경우도 있었다. 초등학교 친구끼리 메신저 단체대화방을 운영하고 있어서 연락은 어렵지 않았다. 작년 10월 초 어느 날, 선흘2리 품다도서관에서 인근에 사는 아이들과 만날 약속을 잡았다. 학부모회장님과 부녀회장님은 간단한 다과를 준비해 주시기로 했다.

2년 전 초가을, 나는 노래를 흥얼거리며 선인분교 가는 갈색빛 가로수 길을 걸었다. "길가에 가로수 옷을 벗으면, 떨어지는 잎새 위에 어리는 얼굴, 그 모습

보려고 가까이 가면 나를 두고 저만큼 또 멀어지네. 아, 이 길은 끝이 없는 길,
계절이 다 가도록 걸어가는 길…" 그렇게 흥얼거리면서, 긴 속눈썹을 한껏 위로
올리고 나를 바라보던 아이, 수줍게 웃으며 눈길을 빗겨 가던 아이, 심각하게
어려운 단어를 섞어 쓰며 허공에 시선을 두던 아이들 얼굴을 하나씩 떠올렸다.
그 또래로 다시 돌아가 아이들과 웃고 장난치며 이 길을 같이 걷고 싶었다.
품다도서관으로 아이들 만나러 가는 날도 그 노래가 생각났다.

아이들은 하나같이 활기차고 멋졌다. 그새 훌쩍 컸고, 그만큼 나는 작아졌다.
이제는 선생님 자리에서 내려와 아이들과 함께 섞여 이야기를 나눌 수 있었다.
아이들은 밀린 이야기로 웃음꽃을 피웠고, 중간중간 서로 달라진 모습에
낯설어하고 익숙해지려고 호기도 부렸다. 호기심과 겸연쩍음이 적당히 섞여
긴장감까지 돌았다. 나는 책을 출간하게 된 배경부터 만들려는 책의 내용과
형태까지 차근차근 설명했다.

나는 그림책 수업 때마다 그 벅찬 감흥이 날아가 버릴까 봐 아이들과 나누었던
대화나 아이들의 인상적인 모습을 노트에 메모해 두었다. 이 메모를 바탕으로,
2019년 여름방학이 시작되자마자 서울 집에 돌아와 본격적으로 수업 관찰일기를
쓰기 시작했다. 그리고 이렇게 정리한 글과 그림을 기회가 닿는 대로 자랑하고
다녔다. 혹시나 출간해 줄 출판사가 있지 않을까 내심 기대하면서 말이다. 그러나

선뜻 나서는 출판사가 없었다. 2021년 봄, 새로 성산초등학교 수업안을 마련하면서 그때 묵혀 둔 글을 다시 꺼내 읽다가 용기를 내어 몇몇 출판사에 편지를 썼다. '남해의봄날' 출판사에서 연락이 왔다. 그리고 얼마 후, 아이들의 그림과 나의 에세이를 한 권의 책으로 묶는 기획안을 보내왔다. 막연했던 책의 형태가 선명하게 눈앞에 그려졌다. 나는 내처 성산초등학교 어린이들의 그림도 내밀어 보였고, 출판사는 이것까지 한 권에 모두 싣자고 했다. 반갑고 고마웠다.

여기까지 출간 과정 이야기를 다 듣고 아이들은 모두 기뻐했다. 우리는 6학년 교실로 다시 돌아가, 그때 무슨 일이 있었는지, 어떻게 그림을 그렸는지 이야기하며 서로 맞장구치고 되묻고 하면서 떠들썩해졌다. 아직 책의 출간을 실감하지 못하는 아이들에게도 그것이 기쁜 일인 것만은 분명했다. 얼추 이야기가 마무리될 즈음 나는 양해와 동의를 구해야 할 사안에 대해 어렵고 조심스럽게 말을 꺼냈다.

"여러분의 열다섯 권 책을 한 권의 그림책으로 만들게 될 거예요. 어떤 친구 그림은 한 장이 실릴 수 있고, 또 어떤 친구 그림은 여러 장 실릴 수 있어요. 출판사와 내가 의논해서 결정하는데, 그 차이 때문에 여러분이 혹시 마음의 상처를 받지는 않을까요?"

그림 사용료는 어떻게 할지, 아직 결정된 것은 아니지만 관례를 빌어 설명을 덧붙였다.

"우리는 괜찮아요. 우리들 그림으로 책이 만들어지는 것만으로도 좋아요."

"책의 성격에 따라 그림을 선정하는 것이니 괜찮아요."

"사람들마다 그림을 보는 관점이 모두 다르니까요. 크게 신경 쓸 일은 아니에요."

아이들 대답은 어렵게 말을 꺼낸 나를 무색하게 만들었다.

그날의 만남은 책에 실릴 아이들의 그림책을 새로 엮는 데 용기를 주었다. 책에는 2019년과 2021년 수업에 참여한 아이들의 그림을 각각 모아 만든 그림책 두 편이 들어간다. 나는 두 그림책에, 친구들과 함께 재미있게 때로는 심각하게 붓을 들던 아이들의 시간, 교실을 꽉 채우던 그들의 생각과 열정, 그리고 그들 곁 선생님들의 바람과 애정까지 모두 집약하여 하나의 맑은 유리구슬 안에 넣어 놓고 싶다. 햇빛 바른 창가에 두고, 때때로 다가가 손대면 수많은 이야기가 올올이 가닥 지어 내리는 그런 책을 만들고 싶었다.

이 책 속의 그림책은 수업 시간에 아이들 각자가 만들었던 그림책들과는 다르다. 새롭지만, 대신 조심스럽고 염려스러운 점이 적지 않다. 나는 우선, 복사해 둔 아이들의 노트를 꺼내어 그들의 문장과 낱말을 골라 가며 하나하나 건져 올렸다. 표현이 조금 어색하거나 생뚱맞더라도 아이들이 발견하고 강조한 것이라면 조금씩 문법에 맞춰 수정을 하며 되살리고자 하였다. 그리고 그림은 이야기 흐름에 맞도록 하되, 되도록 아이들마다 고르게 선택하려고 노력했다. 그럼에도 어쩔 수 없는 한계가 있는 작업이다. 선인분교 아이들의 그림책 15권, 성산초 아이들의 그림책 18권을 각각 한 권으로 다시 엮는 것이다 보니 글도 그림도 많이 실을 수가 없었다. 그리고 편집디자인 과정을 거치면서 책의 완성도를 높이기 위해 때로는 아이들 그림을 재편집하기도 하였다. 아이들의 작품을 하나하나 온전히 담아내지 못한 아쉬움과 미안함이 남는다.

글을 쓰면서 2년의 과정을 되돌아보았다. 제주에 머물며 걸었던 나의 여정은 아이들의 그림책 속 여정을 닮았다. 나의 여정에 아이들이 따라온 것도 같고, 아이들 그림책 속 여정으로 내가 걸어 들어간 것 같기도 하다. 마지막 시간, 창밖에 보이는 나무와 풀만이 자연이라고 생각하던 아이들이 그림책 여정을 마치고 돌아오는 길 위의 노을도 자연이라고 말했다. 자연을 초록색으로만 연상했는데 주황색도 자연이라고 말했다. 그림으로 그린 것은 모두 자연이었다. 아이들의 그림책을 보면 웃음이 나온다. 아이들의 그림에는 우리에게 보내는 무한한 신뢰의 눈빛이 담겨 있다. 그런 아이들을 따라 같이 걸으며 알게 된 세상, 공부하고 산책하며 가까이했던 제주의 자연, 내 몸도 그 속에서 회복되었다. 이제 아이들이 보고 발견한 세상에 무한한 애정으로 동참하고 싶다.

끝으로, 내게 이 귀중한 경험을 선물해 주신 많은 분들께 감사를 표하고 싶다. <세계자연유산마을, 그림책을 품다> 프로젝트를 지원해 주신 제주특별자치도 세계유산본부의 여러분들, 이 프로젝트를 기획한 제주도서관친구들, 그림책 만들기를 제안해 주신 허순영 프로젝트 총괄팀장, 그리고 권영옥 선생, 수업 준비를 도와주신 백금아 팀장, 성산초등학교 수업 진행에 도움을 주신 그림책 문화 예술 활동가 박소현, 이윤영과 제주 맹글북 회원들, 그리고 함덕초등학교 선인분교와 성산초등학교 선생님들께 고마움을 전한다. 아이들 그림을 보고 선뜻 출판을 결정해 주신 남해의봄날 정은영 대표, 글과 그림 편집에 애써 주신 장혜원 편집자와 류지혜 디자이너, 그리고 나의 여정에 동참하고 그림 사용을 허락해 준 33명의 어린이들에게 다시 한 번 감사의 인사를 드린다. ✱

작품목록

각 쪽에 담긴 그림의 작가와 제목을 수록합니다.
여러 사람의 그림을 이야기의 흐름에 맞춰
재구성하였고, 몇몇 쪽은 서로 다른 사람의 그림을 함께
배치했습니다. 또한 프로젝트 결과물로 만든 그림책의
디자인을 일부 차용하였음을 밝힙니다.
* 프로젝트 그림책 디자인 AGI 김소희, 디렉터 김영철
* 재료: 도화지에 아크릴물감
* 작품 크기: 545x394mm(단, <바다의 신>은
1635x394mm)

도서출판 남해의봄날. 로컬북스 23
이웃한 지역이라도 자세히 들여다보면 서로 다른 자연과 문화, 아름다움을 품고 있습니다.
독특한 개성을 간직한 크고 작은 도시의 매력, 그리고 지역에 애정을 갖고 뿌리내려 살아가는
사람들의 이야기를 남해의봄날이 하나씩 찾아내어 함께 나누겠습니다.

파랑을 조금 더 가지고 싶어요

제주 어린이, 권윤덕 작가와 자연을 쓰고 그리다

초판 1쇄 펴낸날 2022년 5월 5일

글	권윤덕
그림	ⓒ 김서영, 박지민, 백다은, 변준, 송민규, 안소현, 오선우, 오승현, 이도원, 이병준, 이산희, 정재원, 최이안, 하윤, 황지연, 강소윤, 권예은, 김건혁, 김성하, 김수안, 김연후, 김예준, 김우진, 김한샘, 박소이, 박예성, 송재민, 엄승진, 이지민, 정수경, 정지율, 조형주, 한시연, 2022
고마운 분들	제주특별자치도 세계유산본부, 제주도서관친구들, 함덕초등학교 선인분교, 성산초등학교
편집인	장혜원객원편집, 박소희, 천혜란
마케팅	황지영, 이다석
디자인	류지혜
종이와 인쇄	미래상상
펴낸이	정은영편집인
펴낸곳	남해의봄날
	경상남도 통영시 봉수1길 12, 1층
	전화 055-646-0512
	팩스 055-646-0513
	이메일 books@namhaebomnal.com
	페이스북 /namhaebomnal
	인스타그램 @namhaebomnal
	블로그 blog.naver.com/namhaebomnal
ISBN	979-11-85823-84-3 03810

ⓒ권윤덕, 2022

KOMCA 승인필

2012년 7월 첫 책을 펴내고, 올해 열 살이 된 남해의봄날이 펴낸 예순다섯 번째 책을
구입해 주시고, 읽어 주신 독자 여러분께 감사의 마음을 전합니다. 이 책은 저작권법에 따라 보호받는
저작물이므로 무단 전재와 무단 복제를 금하며 이 책 내용의 전부 또는 일부를 이용하려면 반드시
저작권자와 남해의봄날 서면 동의를 받아야 합니다. 파본이나 잘못 만들어진 책은 구입하신 곳에서
교환해 드리며 책을 읽은 후 소감이나 의견을 보내 주시면 소중히 받고, 새기겠습니다. 고맙습니다.

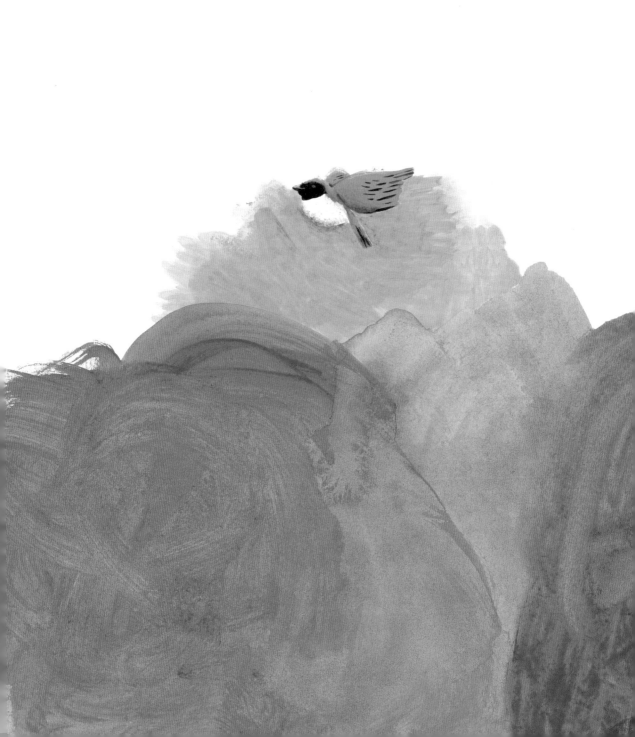

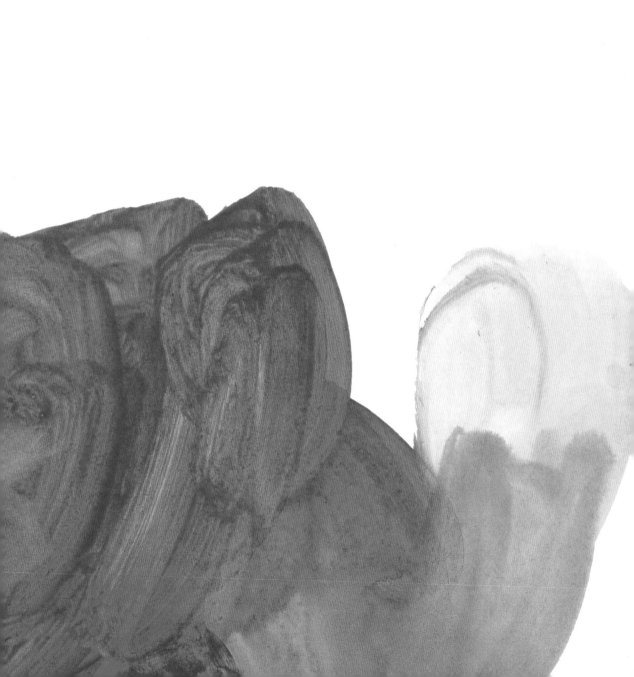